コレクション 現代フランス語圏演劇

Théâtre contemporain de langue française

Fabrice Melquiot

Bouli Miro
Faire l'amour est une maladie mentale qui gaspille du temps et de l'énergie

ファブリス・メルキオ

ブリ・ミロ
セックスは心の病いにして時間とエネルギーの無駄

15

訳＝友谷知己

日仏演劇協会・編

れんが書房新社

本書は下記の諸機関・組織の企画および協力を得て出版されました。

企画：アンスティチュ・フランセ東京（旧東京日仏学院）
協力：アンスティチュ・フランセ パリ本部
SACD（劇作家・演劇音楽家協会）

Cette collection *Théâtre contemporain de langue française* est le fruit d'une collaboration avec l'Institut français du Japon-Tokyo, sous la direction éditoriale de l'Association franco-japonaise de théâtre et de l'IFJT

Collection publiée grâce à l'aide de l'Institut français et de la SACD
本書はアンスティチュ・フランセ パリ本部の出版助成プログラムを受けています。
Cet ouvrage a bénéficié du soutien des Programmes d'aide à la publication de l'Institut français

目次

ブリ・ミロ

セックスは心の病にして時間とエネルギーの無駄

ブリ・ミロ

タイスとサンに、
サント・バルブ通りの活気に、
毛糸帽子にぽっちゃりほっぺのおチビに。

登場人物

ブリ・ミロ[*1]
ペチュラ・クラーク[*2]
ダディ・ロトンド[*3]
ママ・ビノクラ[*4]
ジャン＝ミッシェル・クラーク
マリー＝ジャンヌ・クラーク
アンナ
ミラン
カレー駅の駅長
シャロン・ストーン
ビル・ゴア・ブッシュ大統領

★文中の〔　〕および＊印は訳注。

＊1　フランス語のニュアンスを訳せば「おデブ近眼」。フランス語の「玉、球（ブール）」と似た音のブリは、ミロの最初の音とつながって「過食症（ブリミ）」を暗示する。またミロは単独で「ド近眼」の意。
＊2　世界的ヒット曲『恋のダウンタウン』で知られるイギリス生まれのポップス歌手の名がつけられている。
＊3　ニュアンスを意訳すると「太っちょパパ」。
＊4　ニュアンスを意訳すると「眼鏡ママ」。

産婦人科にて。

ダディ・ロトンド　な、そこのガキ、煙草くれよ。もうたまんないんだ、煙草吸わなきゃ、まったく、俺がダディになるってんだ。だから、ほれ、煙草よこせって言ってるの！

ダディ・ロトンド　ブリが生まれた時俺は、煙草はなにもかも吸った。俺のメンソールも、看護師が自分の三時のおやつにとっておいたシガレット・クッキーも、産婦人科の廊下をうろついてたあの小僧が持ってたタバコ・チョコも。とにかく吸った。チョコもだ。生まれた時ブリは、物音をたてるのが怖くて産声をあげなかった。産声のあと怖くなるのが怖かったんだ。

ママ・ビノクラ　ワアアアアアアアアアイタイタイタイタイタイタイデデデテキキキテヨオオオオオオオオ！！！！

ダディ・ロトンド　俺の妻は、どうにも我慢できなかったんだ。看護師の鼓膜も破れるほどだった。可哀想に三時のおやつもフイにしてたんだから、ついてなかったもんだ、看護師さんも。

ダディ・ロトンド　俺はダディだ、俺はダディだ！

ママ・ビノクラ　あたしはママだわ！

ダディ・ロトンド　どこだ、俺の息子は？　俺のボス、俺の血をわけた可愛い息子はどこだ？

ダディ・ロトンド　ブリは赤と白の産着の中で震えてた。しわくちゃのふたつの目しか見えなかった。

ママ・ビノクラ　あたしはママよ、あたしの坊やはどこ？　ねえダディ、どこなの、あたしたちのボスは？

ダディ・ロトンド　俺の可愛いこのママの名前が、メガネのビノクラっていうのは偶然じゃない。三〇センチ先も見えないんだ。初めて会った時のことだ。ビノクラは俺を見て、キヨスクが立ってると思った。俺はビノクラに言った。「お嬢さん、おたくの犬が俺の足にオシッコしてますけど」

ママ・ビノクラ　あらヤダ、このキヨスク喋るわ！

ダディ・ロトンド　俺はすごく太ってる。だからなんだ。で俺はほかに言いようもなく、それからあとも似たようなもんだが、すぐにこう言った。「俺、デブなんです、キヨスクじゃありません」

ママ・ビノクラ　ねえダディ、なんであたし剣玉なんてもらったの？　あたし出産したのよ、剣玉なんかで遊びたくないわ。

ダディ・ロトンド　ママ、それは剣玉じゃない、赤ちゃん、おチビさんだ。そこ、それが頭、な、馬鹿言うんじゃないよ、子供がムカツクぞ。

ダディ・ロトンド　俺の愛しいママに、いつだったか、近眼をどうにかしたらって言うと、ママはこう答えた。

ママ・ビノクラ　あたし、ツル・アレルギーなの、眼鏡のツル・アレルギー。おまけにレンズも。

ダディ・ロトンド　ビノクラの犬が俺の足に小便をした時、俺は動かなかった。そのままにしておいた。俺は恋に落ちていた、何も見えないビノクラのものの見方に。そしてビノクラも、恋に落ちていた、ひとりのデブに。ついてなかったもんだ、ビノクラも。

ママ・ビノクラ ま、ほんと、これあたしの坊やじゃない。あたしのラアン〔フランスの人気漫画の主人公の名。いわばフランス版ターザン〕じゃないの。でもねえダディ、これって普通かしら、あたしこの子抱いてられないんだけど。

ダディ・ロトンド え？

ママ・ビノクラ 重いのよ、この子。

ダディ・ロトンド 俺は、赤と白の産着をよけてみた。ブリの目の周りには、たくさん肉がついていた。かなりの目方だ。体重九〇〇〇グラムです、見たこともありませんって、看護師は言ってた。俺のブリは、俺の血をわけた可愛い子で、肉のかたまりだった。

ママ・ビノクラ 寒くなくていいじゃない。

ダディ・ロトンド ママ、こりゃなんとかしなきゃいけない、こいつ怖がって泣きもしないし、霜の降りた花みたいに震えてる。お前、とんだ弱虫を産んじまったんだ、まったく！ビビって青くなってるぞ、この俺たちの赤ん坊、このちっちゃなデブデブしたのが、抱いてやるとブルブル震えてるんだぞ。ラアンなんて呼べるか？ ラアンに怖いものはない。ところが俺たちのチビは青い顔してる。別の名前をつけなきゃ。

ママ・ビノクラ ラアンって、ずっと思ってたんだけど、あんまりいい考えじゃなかったみたい。

ダディ・ロトンド ラアン・ロトンド、いい名前だったんだけどな。

ママ・ビノクラ ブリ。

ダディ・ロトンド　ブリ・ロトンド。これなら、間違うこともない、太っちょだって分かる。
ママ・ビノクラ　大丈夫よ、ダディ、この子は、あたしたちのちっちゃな傑作。霜が降りて来たって、きっと溶かしちゃうわ。

調子の狂ったオルゴールが聞こえ出す。
ロトンド家にて。

ダディ・ロトンド　最初、ブリの毎日は、恐怖の戦慄地獄だった。毛を逆立てて、警戒して、震えおののく毎日。ママと俺は、どうしてこんな怖がりが出来たものやら、わけが分からなかった。でもそんなことはどうでもよかった。俺たちはめったやたらと自慢していた。
ママ・ビノクラ　一週間でブリの体重は、一二キロになっていた。
ダディ・ロトンド　途方もない効率のよさだった。
ママ・ビノクラ　ブリは大きな黒い目で、あたしをじっと見て、あたしのおっぱいを吸ってた。あたしはブリに微笑んだ、まだブリの目は見えなかったけど。あたしはブリの鼻に、あたしの鼻をくっつけた。ラッパとラッパみたいに。あたしのブリには毛なんてちっとも生えてなかった。でもまるで、見えない毛を逆立てて、警戒してるみたいだった。ブリはそんな怖がりだった。
ジャン＝ミッシェル・クラーク　バブー、バブー。
マリー＝ジャンヌ・クラーク　そうよ、ジャン＝ミッシェル、バブバブして、バブー、バブーって！

ジャン＝ミッシェル・クラーク　落ち着けって、マリー＝ジャンヌ、この子に話してんだから。

マリー＝ジャンヌ・クラーク　あなたがバブーってするの、あたし好き。

ジャン＝ミッシェル・クラーク　うん、分かってる。お前にもしたげるよ、あとで。今はブリの番。バブー、バブー！

ダディ・ロトンド　ママ、義理の兄さんだろお前の。もっと小さい声で話すように言えよ。ブリのやつ、歯ガタガタいわしてるぞ、お前の義兄《にい》さんジャン＝ミッシェル・クラークが何か言うたんびに。なんて声してやがるんだ、まったく！

ママ・ビノクラ　義兄さんが何か喋る時って、教会で大声を張り上げるみたいなんだけど、あたしの義兄さんジャン＝ミッシェル・クラークはね、教会がなくってもこうなのよ、ほんとに、なんて声かしら！

ジャン＝ミッシェル・クラーク　まあ、太っちょさんですねえ、このジャン＝ミッシェル・クラークおじちゃんの赤ちゃんときたら。

ダディ・ロトンド　なんだあれ。

ママ・ビノクラ　そんな言わないの。義兄さんたち、ブリにロンパース持って来てくれたのよ、見て。

ダディ・ロトンド　そんなじゃ、ブリの赤ちゃん人形にしか着せられないじゃないか。

ジャン＝ミッシェル・クラーク　ご機嫌いかがですか、クラークおじちゃんのブリ・ブリおデブちゃんは？　バブバブしますか、アウアウしますか、アプア……ああ、ダメダメ、泣きません、泣きませんよー、アウー、アウー！

マリー＝ジャンヌ・クラーク　あたしなら泣かないわ、あなたのバブーに。

ダディ・ロトンド　ちょっと話してくるわ。

ジャン＝ミッシェル・クラーク　なあロトンド、ブリ泣いてるぞ。俺がバブーってしてたら、ほれ、泣いてんだ。

ダディ・ロトンド　お前が悪いんだよ。

ジャン＝ミッシェル・クラーク　ええっ？　俺、バブーしてたんだぞ！

ダディ・ロトンド　だからお前のバブーが怖いんだよ。俺だって怖いわ、そのバブー。


間。

ジャン＝ミッシェル・クラーク　俺だってま、時には、な。
ダディ・ロトンド　そ。
ジャン＝ミッシェル・クラーク　マリー＝ジャンヌは、好きなんだけどな。
ダディ・ロトンド　お前がマリー＝ジャンヌにバブーするのと、それ以外の人間にバブーするのとじゃ、全然違うんだよ。
ジャン＝ミッシェル・クラーク　俺って怖いんだ。
ダディ・ロトンド　手術するんだな。今じゃ、手術なんて大したことないって。チョキチョキってやって、はい、おしまい。

ジャン＝ミッシェル・クラーク　ほんとか？

ダディ・ロトンド　ほんとさ。

ジャン＝ミッシェル・クラーク　話せて良かった。

ダディ・ロトンド　ああ、善は急げだ。

ジャン＝ミッシェル・クラーク　俺の甥っ子が、この俺のせいでガチガチ震えるなんて嫌だからな。俺、普通に、バブーバブーしたいんだ。チョキチョキってやって、はい、おしまい。

ダディ・ロトンド　俺の義理の兄ジャン＝ミッシェル・クラークの手術は大成功だった！　やつの善意に報いるため、ママ・ビノクラと俺は、やつにスケート・ボードを進呈した。義理の姉マリー＝ジャンヌ・クラークは、夫の手術に不満げだった。

ジャン＝ミッシェル・クラーク　バブー、バブー、ブリちゃーん……クラークおじちゃんが大好きですねえ、新しい、キレイキレイなお声でしょう。クラークおじちゃんのキレイなお声は、誰のおかげなのでしょう？　それはブリのおかげなのです！

ダディ・ロトンド　ジャン＝ミッシェルとマリー＝ジャンヌの娘、つまり俺の姪っ子ペチュラは、三つで自分のダディのことを完全にコケにしていた。ペチュラの目にはブリしか入らなかった。

ペチュラ　ねえブリ、あたし太っちょのブリが好き。太っちょが好きだなんて、ほんとヘンね、だってあたしは体重一五キロしかないのに。

ダディ・ロトンド　ブリは何も言えなかった。まだ言葉を知らなかったから。

ママ・ビノクラ　従姉のペチュラに「太っちょのブリが好き」と言われて、ブリは怖がらなかった。

ダディ・ロトンド　二週間でブリは、ペチュラと同じ体重になった。俺の義兄ジャン＝ミッシェル・クラークは、スケート・ボードのせいでまた病院に行くことになった。

マリー＝ジャンヌ・クラーク　女の子たちにクルッって見せてバブバブしようとするから、こんな目にあうのよ、分かった！

ママ・ビノクラ　ダディ・ロトンドは食肉処理場で働いていた。屠殺が仕事だった。斧で牛を殺してた。育児休暇が終った時、あの人はこう言われた。「もう戻らなくてもいいよ。牛のやつらみんなイカレちまって、勝手に死んじまうんだ」

ダディ・ロトンド　失業手当が出たのでいろいろ買った。木製のおもちゃ、安いベビー服、ミルク、おむつ、そして狂牛病の牛肉。三ヵ月でブリは、三三キロになっていた。

ママ・ビノクラ　あたしたちは怖がりのブリが大好きだった。

ダディ・ロトンド　俺たちはやつをぎゅっと抱きしめた。やつのおびえを、俺は殺してしまいたかった。恐れなんて死んでしまえばいいと思った。

ママ・ビノクラ　ダディ、ブリが煙草の煙を怖がってるじゃないの。すぐにやめて、じゃないと、もうご飯の支度しないから！

ダディ・ロトンド　俺は暖炉にハンモックをしつらえた。午後ブリは俺の腕の中で、無職のダディの腕の中で、ねんねする。それから俺はブリを、ハンモックに寝かしつける。俺は暖炉に火を入れる。ブリのケツが暖まっていいんだ。それから暖炉はけむを吐く。おれより凄いけむを吐く。

ママ・ビノクラ　ダディ・ロトンドは眠ってるブリに話しかけてた。

ダディ・ロトンド　なあブリ、煙ってのは別におかしなもんじゃない。いろんなとこから出るもんなんだ。寒い時は川からも出るし、時にはお鍋からも出る。友達みたいないい匂いがして涎が出るぞ。鍋から湯気が立ってるのを想像したら、そりゃもうほとんど友情そのものだ。時には煙は合図にも使うんだ。でな、煙草が煙を出してたら、それは散歩する場所がないってことなんだ。

ママ・ビノクラ　ブリは煙を怖がらなくなった。煙は友達だったから。

ダディ・ロトンド　俺には友達があちこちにいるんだ。

ママ・ビノクラ　ダディ、ブリは暗がりが怖いの。

ダディ・ロトンド　俺は古道具屋で、中古の３Ｄメガネを買った。映画館で使う小さいサングラスだ。俺はブリの部屋に、メガネを吊るしといた。ずいぶんたくさんの映画で使われたみたいだったが、メガネはまだまだ現役だった。

ママ・ビノクラ　ダディはブリにお日さまの話をした。そして夜の話をした。

ダディ・ロトンド　いいかブリ、お日さまと夜は、つかずはなれずなんだ。お前お日さまが好きならな、夜ともやっていかなきゃ。

ダディ・ロトンド　あいつは頭で「うん」と答えた。意味が分かってたわけじゃない。俺の食べてたタルトが欲しかったんだ。

ママ・ビノクラ　ダディ、ブリは笑うのが怖いの。いつもムスっとしてるわ。

ダディ・ロトンド　俺はブリに、俺の失業の話をした。失業ってものがどこから来るのか、働かないってことがどんなことか、なんで俺がマイッテるのか。俺がこれからどうなるのか、俺にもそれは分からなかった。俺はブリの両腕に俺の顔をはさんで、泣いた。ブリも俺と泣いた。ブリは悟った。笑うなんて、大したことじゃないって。

ママ・ビノクラ　泣くのは、でも、うれしいことじゃない。

ダディ・ロトンド　みんなでくすぐりあいっこをした。ブリは笑った。それで俺たちは、失業のことも忘れた。俺たちは、愛し合うこと、くすぐりあいっこすることだけ、考えた。

ママ・ビノクラ　一歳で、ブリの体重は四九キロになった。ダディとあたしは、ブリにはあたしたちが見えてないことが分かった。

ダディ・ロトンド　こいつ、俺が右にいるのに、左に顔を向けるぞ。

ママ・ビノクラ　ねえブリちゃん、ほら、指が何本ありますか？　言ってごらん、指は何本ですか？

ダディ・ロトンド　そんなの答えられるわけないだろが、数かぞえられないんだから！

ママ・ビノクラ　あたしたちはこの子の目に映る、ぼんやりした影だった。

ダディ・ロトンド　ブリは可愛いモグラだった。ママとおんなじ近眼だった。

ママ・ビノクラ　ブリはキヨスクだった。ダディとおんなじ。

ダディ・ロトンド　運良くブリには、眼鏡のツル・アレルギーはなかった。それで眼鏡を買ってやった。やつのおびえと同じ色の、青い眼鏡を買ってやった。

ママ・ビノクラ　一歳で、洗礼名をつけてあげた。ミロ。

ダディ・ロトンド　ブリ・ミロ。ダディのおチビで……

ママ・ビノクラ　ママのおチビ！

ダディ・ロトンド　ママ、ブリは転ぶのが怖いんだ、だからあんよが怖いんだ。

ママ・ビノクラ　走るのは怖いかしら？

ダディ・ロトンド　そりゃ大丈夫だろ。

ママ・ビノクラ　じゃあ、それから始めたらいいじゃない。

ダディ・ロトンド　ブリはまだあんよもできないうちから、走りだしていた。ピンボールのデッカイ鉄の玉みたいだった。一歳でブリは、初めてものを言った。

ママ・ビノクラ　ブリの初めての言葉は、あたしたちの言葉とおんなじだった。

ブリ・ミロ　ブリ、大好き、ブリ。

ダディ・ロトンド　ブリの初めての言葉は、従姉のペチュラともおんなじだった。ペチュラは毎週、クラークのおじちゃん、おばちゃんとブリに会いに来ていた。

ペチュラ　ブリ、あたしデブデブのブリ大好き。ほんとヘンね。

ダディ・ロトンド　ブリは朝起きるのも怖がった。それで俺はブリに、立って眠ることを教えた。馬みたいに。ただ問題は、俺の可愛いママに、動物の毛アレルギーがあったことだ。それで俺たちがおんまさんになったのは、ほんのしばらくの間だった。

ママ・ビノクラ　ハックション！

ママ・ビノクラ　二歳でブリは、龍を怖がった。あたしの愛しいダディは仕事を見つけた。ダディは彫刻家になった。

ダディ・ロトンド　龍の彫刻家だ！

ママ・ビノクラ　ダディは自分にそんな才能があるのを知らなかった。ただブリがあんまり怖がるから、ダディは迷いもせず、道具を買って、山で石を拾って、龍一号を作った。ブリはダディの仕事を見ていた。

ダディ・ロトンド　こうしてブリは、龍がどこから来るのかを知った。龍の生い立ちを知った。ブリはもう怖くなかった。

ママ・ビノクラ　龍は、ダディが作るものだった。

ダディ・ロトンド　三歳でブリは、自分が怖くなった。

ダディ・ロトンド　お前自分が怖いんだったらな、誰か別のやつになればいいんだ。誰にだってなれるんだぞ、すぐに。ただ念じさえすればいい。念じれば、ジョン・ウェインにもなれる。

ブリ　ジョン・ヴェインって誰?

ダディ・ロトンド　スーパー・カウボーイさ。

ブリ　スーパー・カウボーイならなってもいいな。

ダディ・ロトンド　そりゃそうさ、ジョン。

ブリ　ボクはジョン・ヴェインだ。

ダディ・ロトンド　お前には怖いものなんてない、ジョン、お前は本当に最強の男だ。

ブリ　ウウン、最強なのは、ボクのおんまさん。あの野郎、本当にデカくて、ボク落っこちるのが怖いんだ、落っこちたら、おジボン破っちゃうよ、ママはおジボンを破くとスンゴイ怒るよ、だから怖いんだボク。

ダディ・ロトンド　そうか、ジョン・ウェインはやめとこう。お前はミケランジェロだ。
ブリ　誰それ？
ダディ・ロトンド　西洋絵画の巨人さ。
ブリ　ボク、デブすぎるから、ランプから出たりできないよ。
ダディ・ロトンド　あン？　あのな、まず、自分のことをデブだなんて言うもんじゃない。わけもわからず、人に言われたことを繰り返しちゃいけないよ。それから、ミケランジェロっていうのはな、天井画を書いた絵画の巨人のことで、ランプから出て来る魔神じゃない。
ブリ　グワッシュなんか使ったら、おジボンが汚れてさ、やっぱりママがスンゴイ怒るよ。
ダディ・ロトンド　じゃお前はペチュラだ。
ブリ　え？
ダディ・ロトンド　念ずればだな、お前はペチュラなんだ。ペチュラなら問題ないだろ？
ブリ　問題はねダディ、ダディがボクをバカにしてることとさ。ボクはペチュラじゃない。ペチュラは女の子だもん。ボクはブリだ、自分のことが怖いブリだ。
ダディ・ロトンド　なんで怖いんだ？
ブリ　だって、面白くって、気味悪いから。
ダディ・ロトンド　ン？
ブリ　時々ね、ボク、部屋のドアの裏に隠れるの。で、知らん顔して、何でもないようにして、向う側に抜けてみるの。でね、抜けるときの自分を見ようと思うんだけど、ボクはやっ

ぱりこっち側にいて木みたいにひとりぼっちなの、それでボク、怖くてびっくりして、
面白くって気味悪いの。だからボク、自分が怖いの。

哄笑と泣き声が入り交じって聞こえて来る。
そして火を吐く龍。

ダディ・ロトンド　龍の注文は日に日に増えていった。俺は世界中に売りまくった。ママ、ブリ、俺の三人は、気持ちのいい巣の中で時を過ごした。

ママ・ビノクラ　あたしたちは恐れを飼い馴らした。恐れは、あたしたちより弱いライオンで、あたしたちはたてがみを束ねて結んでやった。

ダディ・ロトンド　クラークのおじちゃん、おばちゃんは毎週やって来た。ペチュラはいつもブリを見ていた。ブリは成長し、今やまるで……

ママ・ビノクラ　ママそっくり！

ダディ・ロトンド　ダディそっくり！

ママ・ビノクラ　なに言ってるの、あんたよりあたしの顔立ちよ！

ダディ・ロトンド　お前、自分の鼻の先だって見えないだろうが！

ペチュラ　ブリ、大好きよ、生きてても死んでても[*1]。

ブリ・ミロ　ペチュラ、大好き、人食い鮫より強く強く、愛してる。

学校で。

ママ・ビノクラ　四歳でブリは、幼稚な園、幼稚園〔原文「母親のように接してくれる子供学校」。幼稚園の冗長な言い換え〕に入った。

ダディ・ロトンド　俺たちの巣は、枝から落ちてしまった。

ママ・ビノクラ　ブリは幼稚園で、いろんな言葉を学んだ。

ブリ　百貫でぶ。下膨れ。ゴム風船。アブラギッシュ。

ママ・ビノクラ　ブリはお腹の肉をふりしぼって涙を流した。あたしたちの巣は居心地が良過ぎた。巣の外には、別の空気がたくさんあった。そしてブリは、悪意という名の外気にあたって、風邪をひいた。心に残る重い風邪を。悪意というのは、あたしたちの辞書には載ってない言葉だった。

ダディ・ロトンド　医者はみんな言っていた。「ブリにダイエットさせなさい、四つで五七キロというのは普通じゃありません」。ブリの食事のせいじゃなかった。俺のせいだった、キヨスクみたいな俺のせいだった。

ブリ　ダディ、幼稚園でね、エグランティーヌに言われたの。シボーキュイーン[*2]してきな、って。

ダディ・ロトンド　その子が自分にすりゃいいんだ！

ブリ　シボーキュイーンって何？

ダディ・ロトンド　植物の一種さ、女の子の頭に生える。心配するな。

ママ・ビノクラ　毎日ブリは、お腹の肉をふりしぼって涙を流した。誰もブリと遊ぼうとはしなかった。ブリが肥満児だったから。

ダディ・ロトンド　ブリは檻の中の体をひきずるようにして家に帰って来た。

ママ・ビノクラ　ひどい話だった。あたしの心は、しけたポテトチップスみたいだった。

だしぬけに。

耳に心地よい音楽が流れる。

そこにしゃくり上げる声。

ペチュラ　あたしあのごった煮のラタトゥイユ嫌い。

ブリ　なんでラタトゥイユの話なんかするの？

ペチュラ　だってあたし行っちゃうから、ブリ。

ブリ　え、行っちゃうってどこ？

ペチュラ　この世の果てよ、スペイン。

ブリ　そんなまさか、もう会えないじゃない、大好きって言えないじゃない。

＊1　原文は « à la vie de la mort » で、直訳すると「死の生にまで」。ペチュラは、« à la vie à la mort »「生涯かけて、終生」という言い回しを間違えている。後でブリもこの同じ間違いを使っている。

＊2　原文は « pilosucer »、訳せば「体毛吸引」だが、これは存在しない単語で、ブリは « liposucer »「脂肪吸引」という言葉と間違えている。ダディはしかしそれを察した上で、「毛」だから「植物」の一種だと、以下に洒落で説明している。

ペチュラ　手紙書くわ。

ブリ　お腹の肉をふりしぼって流した涙って知ってる？

ペチュラ　ええ、ブリのお肉の厚みくらい良く知ってるわ。[*1]

ブリ　ペチュラの頭にもシボーキュイーン生えてる？

ペチュラ　あたしの頭にあるのはブリだけよ。

ダディ・ロトンド　クラークのおじちゃん、おばちゃん、そしてペチュラの三人は、スペインに引っ越した。天気予報の仕事をしていたジャン＝ミッシェルの都合だった。

ジャン＝ミッシェル・クラーク　この国にはもう、季節なんてないんだ。暴風警報に、大雨警報に、それに真夏に雹だぞ、ここじゃもう俺の仕事は成り立たないよ。スペインならきっと、俺の将来も安定するさ。

ダディ・ロトンド　舗道に立って俺たちは、手を振って、手を振って、悲しみを追い払った。

ママ・ビノクラ　ペチュラが去ってからブリは、イタリア人の結婚式よりものすごい暴飲暴食を始めた。神経性過食症、ブリミア、っていうらしかった。

ダディ・ロトンド　ブリミアって言葉には、なるほど、ブリが含まれてた。

ママ・ビノクラ　けれどブリの体は大き過ぎて、言葉の中に収まってるのは難しかった。

ダディ・ロトンド　そしてある日のことだった。ブリが何の気なしにママの膝に座った時のことだ。

ブリ　え、どうして……ママ、ママ、起きて！　見えなかったんだよボク、ねえママ、起きて、ブリだよ、行かないで、ママ死んじゃだめ、見えなかったんだよ！

ママ・ビノクラ　大丈夫よブリ、ママはここよ……でも、どういうつもり？　あたし、敷物みたいじゃないの、ブリ！

ダディ・ロトンド　ブリは悟った。ふた親の膝の上に座っちゃいけないってことを。愛する人の膝に座っちゃいけないってことを。ブリは近視の眼鏡の向う側に、ぼんやりと、別の肉体を思い浮かべた。そしてブリは体操を始めた。

ブリ　ボクはもう、この体の奴隷なんかでいちゃいけない。ママを真っ平らにしちゃったんだから。ボクは象さんの仲間じゃないんだ。ボクは体操選手になる。体操はロシアが強い。

ママ・ビノクラ　ブリの愛情と体操が、ブリの体重を減らしていった。他人の悪意も、一緒に消えていった。

ブリ　奇跡だ！　あのチビのベルナデット〔同名のルルドの聖女が暗示されている〕みたいだ！

ダディ・ロトンド　俺の息子だからってわけじゃないが、この子を見てると泣けてきた。ブリは見る見る痩せてきた〔原文では「泣ける」と「痩せる」に同一単語を用いた洒落がある〕。ブリの愛情のなせる速度だった、愛情の持つ光の速度だった。

ママ・ビノクラ　あたしたちはブリが、自分の夢見る体へ急ぐのを見ていた。

ダディ・ロトンド　それがいいのか悪いのかは分からなかった。ともかくブリは急いでた。学校ではみんな一安心していた。ブリ・ミロは今や、みんなと同じだった。

＊1　原文は、« Comme ta poche », 即ち「あなたの目の下のたるみのように」と訳せるが、これは「自分のポケットの中味のようによく知っている」(connaître qqch comme sa poche) という表現をもじったもの。

音程のはずれたオルゴールが聞こえる。

ダディ・ロトンド　俺のブリはもうキヨスクじゃなかった。三〇キロも痩せていた。可愛い子供になっていた。痩せてはいるけど、ガリガリじゃなく……

ママ・ビノクラ　バランスがとれてて。

ダディ・ロトンド　もう昔のブリじゃないな、これじゃほとんどロシア人だ……ブリ・ミロヴィッチ、って悪かないよな。

ママ・ビノクラ　何言ってんの！　もう名前変えたりなんてできないわ！

ダディ・ロトンド　ただ相変らず、近眼ではいてくれたけれど。痩せたブリ、可愛いブリ、新しい人生。

ママ・ビノクラ　グライダーみたいなフワフワした気分。

ダディ・ロトンド　三〇キロ減の浮わついた日々。

ママ・ビノクラ　新聞はブリのことを書きたてた。愛のために減量したブリの物語。アメリカにまで伝わった。ビル・ゴア・ブッシュ大統領が、うちに祝辞を送って寄越した。

ビル・ゴア・ブッシュ大統領　コングラチュレーションズ！　ユー・アー・ザ・ウィナー。ユー・ウィン。ユー・ウィン。ユー・ウィン。トライ・アゲイン。

ダディ・ロトンド　返事は出さなかった。住所がなかったから。

ママ・ビノクラ　それからあの、オバサンが来た。何ていったっけ？　女優の、

ダディ・ロトンド　シャロン・ストーン。

ブリ・ミロ　シャロン・ストーン！

ママ・ビノクラ　そう、あのシャランとしてストーンとした女（原文「バロンヌ・ストーン（ストーン男爵夫人、エラぶったストーン）」）が、ブリに会いたがった。コマーシャル撮影のためだった。「ブルー・ヨーク」って新聞にブリの写真が出たのをたまたま見て、シャランとしたストーンは、ブリがCMにピッタリだと思った。

ブリ・ミロ　ボク、ネクタイ買わなきゃ、自由の女神のプリントしたやつ。そうじゃないとボクみたいな世界的運動選手は、きっとロシア人だと思われちゃうよ。

ダディ・ロトンド　シャロンはプライベート・ジェットに乗ってやって来た。この俺の、ほかの誰のものでもない、まさしくこの俺のブリに、わざわざ会いにやって来た。CMはうちの庭で撮影された。みんな喜んだ。俺は頼まれて、背景に龍の彫刻を作った。俺は、「シャロンさん、こんにちは」と言うつもりが、「シャボン玉[*1]、こんにちは」と言ってしまった。俺は大汗をかいた。

ブリ・ミロ　大丈夫ダディ、ダディはいつも大汗かいてる。

ママ・ビノクラ　あたしのダディが、あのシャランなにがしをどんな目付きで見てたか、あたしは知らんふりをした。あたしはブリを見守っていた。ブリの台詞は、コアラやアザラシや子ギツネを毛皮の運命から救おう、とかなんとかいうものだった。シャランとしたストーンは、毛皮なんて要らない、暖かくもないし、生き物が可哀想、と言うのだった。

＊1　原文は《Charogne》「腐乱死体」（フランス語では《Sharon》と発音がほとんど同一）。

ダディ・ロトンド　俺はグライダーみたいなフワフワした気分だった。シャロンが帰った時、俺はブリを見た。俺は不安になった。ブリは確かに痩せていたが、ずいぶんデカい顔をしてるように見えた。

ブリ・ミロ　ボク、サングラス欲しい、今すぐ、学校行くのに。オーケー？　それから、乗り物が要る。オーケー？　クロス・カントリーの自転車か、競技用のキックスクーターか、それとも原付かな。でも原付ってもエンジンが見えちゃまずいよね、ポリにパクられるから。どう思う？

ダディ・ロトンド　学校でブリはチョーク係になった。先生は毎日ブリを誉めた。ただ単に有名人だってだけで。

ママ・ビノクラ　校長先生はブリのことを、英語っぽく「ブウリイ・ミロウ」と呼んでいた。

ダディ・ロトンド　俺の大事な息子ブリのまわりにはいつも人だかりができた。ブリのデカい顔はさらにデカくなっていった。

ブリ・ミロ　ボク、こんなデカい顔してたらドーピングを疑われちゃうかも。メディカル・チェック受けよ。

ママ・ビノクラ　過去は遠く過ぎ去った。おびえなんてノックアウト。グライダーみたいなフワフワした気分のブリは、ズル賢くなっていった。

ダディ・ロトンド　愛しいママとこの俺とは、ヒシと抱き合った。愛情の光の輝きを、もっともっと強くした。俺たちはまだ知らなかった、ペチュラの手紙が奇跡を起こすだろうことを。

ママ・ビノクラ　そう、奇跡を。

ブリが即興で子守唄を口ずさんでいる。

ペチュラ　愛しいブリ、元気でしょうね。ううん、超元気ってとこかしら。[*1]

あたし、従姉のペチュラ、もう忘れてるかしら。従姉なんて大したもんじゃないにしたって、大事なのは愛でしょ。そりゃああたしは、世界の果てのスペインなんかにいるから、あたしたちは遠く離れてしまっている、そりゃあそうよ。そしてあたしは今この手紙で、もうブリのことなんか本当は大好きじゃないって言おうとしてる。

でもあたしが、誰かスペイン人の素敵な子と知り合ったとか、そういうんじゃないわ、あたしはそんな女じゃない。でもあたしスペインのテレビで、ブリのCMを見たの。お父さんのジャン＝ミッシェル・クラークは言った。「おい見ろよ、ブリだ」。あたしは言った。「そんなまさか、この人はあたしの生涯をかけた人、ブリなんかじゃないわ」。今のブリはね、このヨーロッパのどこにでもいるつまんない人よ。スペインにだっているわ。あたしのクラスに今、あんたみたいなのがいるもの。

ずいぶん、エラそうにしてるわね。あたしエラそうにしてる人キライ。どうしたってい

＊1　原文では「ルーレットに乗って走るように調子がいい」と、「車輪（ルー）の上に乗って走るように好調」を並べている（後者は存在しない言い回し）。

うの？　ブリはもうあたしの生涯の人じゃなくなったの？　シャロン・ストーンなんて低俗よ。ブリがそこらにごまんといる有名人になったたって、それがなんだって言うの。前に言ったでしょ。あたしごった煮のラタトゥイユが嫌いだって。

ごめんね。ううん、やっぱりごめんなんて言わない。

胸くその悪いペチュラより。


ペチュラはブリの子守唄を口ずさんでいる。

ブリ

ボクの愛しいペチュラ。手紙もらったよ。

ボクは、心にムチの一撃を食らった。いやもっとだ。キムチでブたれたようだった。[*1]ボクは明日の日曜、七歳になる。ボクはもう子供じゃない、ボクは有名になった、ボクのダイエットは凄かった。

でもだからって、ボクをそこらの人間と一緒にしてもらっちゃイヤだ。もしペチュラの手紙が、ほんとの事を言い当ててるとしてもだ。

ボクには分かってなかった、所謂幸福ってやつが、こんなことじゃないってことを。

ただボクも、感じてはいたんだ。所謂幸福ってやつは、こんなことじゃないって。何も怖くないってだけじゃだめだった。シャロンみたいなスターと付き合いがあるってだけじゃだめだった。心には、ポッカリ穴が空いていた。この、猛烈な恋があるから。ボクの心の穴には、ひとりの女の子がいて、その子はラタトゥイユが嫌いで、そんじょそこらのつまんない人間が嫌いなんだ。そしてその子ってのも、そこらの誰かじゃない。それは君なんだ、ボクの従姉のペチュラなんだ。

ボクは、今までのボクの、外づらの悲しい人生に目を向けた。ボクは堕落するところだった。ボク何かで読んだんだ、成功は人を堕落させるって。ボクそんなのイヤだ。

ボクはブリ・ミロだ。七歳だ。前みたいに太ってないけど、それはボクのせいじゃない、ふた親の膝の上に座っちゃいけなかったんだから。

ペチュラ、君がいなけりゃ、ボクは幸せにはなれないんだ、オーケー？　生きてても死んでても続く愛のことを信じられる？

ボクが今、痩せっぽちの体操選手だからって、それはボクのせいじゃない。


胸くその悪いブリより。


ペチュラとブリはまた別の子守唄を口ずさむ。

ブリは時折ロック風に、がなる。

＊1　原文では、「体罰用の鞭（マルティネ）の一撃」をもじって、「ムクドリ（マルタン）の一撃」とブリは駄洒落を言っている。

ペチュラがそっと「シーッ」とするのが、いかにも優しい。
電話が鳴る。

ペチュラ　もしもし、ブリ？

ブリ　ペチュラ！

ペチュラ　ブリ、あたしよ、スペインからかけてるの、だってもう、離れてるのがたまんなくなって……

ブリ　ボクたちみたいに愛し合ってれば……

ペチュラ　ええ？

ブリ　愛し合ってるだろ、ボクら？

ペチュラ　強烈にね……シャロン・ストーンって、低俗よ、言っちゃやなんだけど。

ブリ　それにね、あの人っておバカなんだ。契約書にね、「上記の通り合意します」って書かなきゃいけないところを、「上記の通りコウイします」なんて書いたの。[*1] 見たことないよ、ほんと。

ペチュラ　あんな人、中味なんてないのよ。

ブリ　ペチュラ、フランスに戻る？

ペチュラ　もう少ししたらね、休みになったら。

ブリ　キスもできるね？

ペチュラ　お口に？　できる自信ある？

ブリ　もちろん。
ペチュラ　もうしたことあるの？
ブリ　ウーン、ない。ペチュラは？
ペチュラ　一度。
ブリ　そりゃペチュラは大っきいからな。
ペチュラ　ブリが寝てる時に。
ブリ　エ？
ペチュラ　我慢できなかったの。
ブリ　つまり、ボクたちもうキスしたことがあって、ボクはそれ知らなかったってこと⁉
ペチュラ　分かってるわ、ほんとヘンだったの。
ブリ　急いで戻って来て、ペチュラ。キスしなきゃ、目が覚めてるままで。
ペチュラ　もうすぐよ。
ブリ　会うときまでにまたデブに戻っとく。
ペチュラ　見た目なんてどうでもいいのよ。あたしは、あたしの心をじっと見てたいの。そこには、ブリが空けちゃった穴があるのよ。あたしたちは遠く離れてるけど、そんなの、些細なことだわ。

＊1　原文では、「上記承認致します」という決り文句の、« approuvé »「承認」の綴りを間違えて p がひとつしかなかった、とブリは非難している。が、かなり細かいツッコミであり、あまり可笑しくもない。

ブリ　そうさ、些細のさい、さ。
ペチュラ　ほんと、些細のさいさい、だわ。[*1]
ブリ　そうさ、大事なのは愛だ。生きてても死んでても。
ダディ・ロトンド　俺の息子の言う通り。
ママ・ビノクラ　そうね、でもゴミ出ししといて。ほかにもやることあるんだから。
ダディ・ロトンド　ああ、俺行って来るよ。まだ寝てな。大丈夫、俺がいるから、大丈夫。

また電話が鳴る。

ブリ　もしもし？
シャロン・ストーン　ブウリィ、私よ、イッツ・ミ、[*2]シャロン。私のベイビー、私のラブ。シャロン・ストーンよ。
ブリ　シャロン、もうボクにかまわないで、ストップ・コーリング・ミ、さもなきゃ、ボクのママが君を訴えるよ、いい？
シャロン・ストーン　ブウリィ、愛してる、すごくアイ・ラブ・ユー・ソー。ドント・フォーゲット・ミ、ブウリィ。
ブリ　オーケー！　でもボクには、君のCMも、スポットライトも、もう関係ないんだ。ボクの芸能活動は終ったんだ。
シャロン・ストーン　一緒に作ったコマアショル、ブウリィ、私のモウスト大事なオモウイデよ。

ドント・フォーゲット・ミ、プリーズ。

ママ・ビノクラ　もしもし、シャロン？　あたしママ・ビノクラですけど、もし息子にこれ以上電話してきたら、あんたの体ふたつにぶった切るわよ、アンダスタンド？

ダディ・ロトンド　もしもし、シャロンさん？　ブリのパパ、ダディ・ロトンドです。シャロンさんがいい人だってことはよく分かってるんですが、プリーズ、息子にはもう、ストップ・コーリング。

ブリ　ぼくはペチュラに一目惚れして、生きてても死んでてもずっと愛してる。ボクはもう小僧っ子じゃない。ボクは七歳で、言うべきことも分かってる。

ペチュラ　愛以外のことなんて、些細のさいさいだわ。

さらにまた電話。

ブリ　もしもしペチュラ？　ブリ。彼氏のブリ。

ペチュラ　おはよう、あたしのブリ。

ブリ　スペインはどう？

＊1　« broutilles »「些細なこと」という単語から、二人は造語（« broutillements » « broutillages »）をしている。

＊2　原文は « Booli, c'est moi, it's mi » で、シャロン・ストーンの喋る英語とフランス語のごちゃまぜが、表記上も工夫されている。

ペチュラ　そうね……フランスみたいに週三十五時間、あたしも授業に出てるわ〔フランスの一週間の法定労働時間三十五時間のもじり〕。気象予報士のジャン＝ミッシェル・クラーク、あたしのパパは、スペイン人の空模様がとってもお気に入り。あたしのママ、マリー＝ジャンヌ・クラークは、パパのうれしいのがうれしくて、それから闘牛の牛が大好きよ。特に、ハムになった時の。

ブリ　ハムはウマイよね。デブだったころは、ガバガバ食べてた。

ペチュラ　で、今は？　体重、普通？

ブリ　普通、だな。そんな重くない。それよりペチュラ、大好きだよ。

ペチュラ　あたしもよ、ブリ、大好き。ブリあたしのこと好き？　あたしたち愛し合ってるわよね？　あたしはブリが大好き。

ブリ　たぶんこんなじゃ、もう結婚すべきなんだ。

ペチュラ　あたしもそのことずっと考えてる。ほんとヘンよね。

ブリ　ペチュラ、今すぐ、ボクの奥さん、ボクのお嫁さんになりたいって思う？

ペチュラ　ええ、自分のこと、ペチュラ・ミロって言ってみると、いい気持ち。

ブリ　トシくって、免許とって、それでやっと新婚旅行に行ける、そんなのカッタルイよ、そう思うだろ？

ペチュラ　新婚旅行だったら、林間学校に行けばいいわ。

ブリ　パーティをして、ふたりで踊るんだ。

ペチュラ　アンもう、ブリ、好き過ぎてだめ、あたしの従弟の、あたしの彼氏。

ブリ　親に言おう。
ペチュラ　もし、だめだって言われたら、ちっちゃ過ぎるし、従兄弟同士だしって言われたら……
ブリ　そしたら、チキショーって言ってやって、そのまま進んじゃお。だってボクらは、些細のさいさいなんてどうだっていいんだから。
ペチュラ　決めるのはあたしたちよね。
ブリ　ボク、ペチュラ大好き、いやボクはもうペチュラだけの男だ。
ペチュラ　あたし今夜、お父さんジャン＝ミッシェル・クラークとお母さんマリー＝ジャンヌ・クラークと一緒に電車に乗るの。夜行の寝台車よ。明日フランスに着くわ。
ブリ　待ってるよ、愛しいペチュラ。
ペチュラ　ええ……　あのね、ブリ、言いたいことがあったんだけど……　あたし、最後に会った時から、ほんの少し変わったの。外見なんて意味ないってことは、あたしたちは知ってるでしょ、だから、気にしないでね。パエリャのせいなの。会って話すわ。
ブリ　パエリャって何？
ペチュラ　会って話すわ。

驀進《ばくしん》する電車の音。
そして眠る少女の深い寝息。

フランスへの帰還。

ダディ・ロトンド　よお、色男、ジャン＝ミッシェル・クラークさんじゃないか！

ジャン＝ミッシェル・クラーク　ファン・ミゲル〔ジャン＝ミッシェルのスペイン語読み〕と呼んでくれるか、ロトンド。

ダディ・ロトンド　ファン・ミゲル？

ジャン＝ミッシェル・クラーク　スペインじゃ最初、みんなからジャン＝ミッセルなんて言われて困ったよ。

ママ・ビノクラ　闘牛って怖かった、マリー＝ジャンヌ？

マリー＝ジャンヌ・クラーク　いいえ、太ったわ。それからあたしのことは、マリ＝ファアナって呼んでくれる？

ダディ・ロトンド　マリ＝ファアナ？　ああ、最近流行ってるからな。

マリー＝ジャンヌ・クラーク　それに、若っぽいし。

ジャン＝ミッシェル・クラーク　お、俺の甥っ子もいるいる、俳優、ブリ・ミロ！　でどうだった、シャロン・ストーンって、バンッ、ボンッ、*1 て感じ？

マリー＝ジャンヌ・クラーク　顔のど真ん中にバンッ、ボンッて食らわしたげよっか？

ブリ　ボクもう役者じゃないんだ、クラークおじさん。それにシャロン・ストーンなんて単なるヒステリー女で、うんざりだよ。ペチュラはどこ？

マリー＝ジャンヌ・クラーク　今来るわ、階段あがってるとこ。時間かかるのよ、パエリャのせいで。知ってるでしょ、ブリ……

ブリ　パエリャ？　ううん。
マリー＝ジャンヌ・クラーク　闘牛のハムより、たちが悪いのよ。
ジャン＝ミッシェル・クラーク　なあマリ＝ファアナ、気が付いたか、この甥っ子のブリのやつ、前とは全然変わってるぞ。
ブリ　変わってるって、ボクもう、デブやめたの。ペチュラどこ？
ペチュラ　あたしならここよ。
ダディ・ロトンド　ペチュラ？
ママ・ビノクラ　ペチュラ！
ダディ・ロトンド　牛だこりゃ[*2]！
ジャン＝ミッシェル・クラーク　なおい、ロトンド、いくらパエリャが原因だからって、ひとの娘を侮辱してもらっちゃ困るな。
ダディ・ロトンド　誰も侮辱なんてしちゃいないさ、ジャン＝ミッシェル……
ジャン＝ミッシェル・クラーク　ファアン・ミゲル！
ダディ・ロトンド　そそ、ファアン＝ミゲル、だから、ただびっくりしてさ、そのつまり、小さな樽くらいの意味でな。
ジャン＝ミッシェル・クラーク　俺の娘が小さな樽だと？

＊1　原文はスペイン語《unas bombas》「爆弾みたいなセクシーな女」。
＊2　フランス語原文《La vache !》には「牝牛」の意味と「ぎょえ！　うえー！」の意味がある。

ダディ・ロトンド　いや、そういうことじゃなくて。マリ＝ファアナ、助けてくれよ。
マリー＝ジャンヌ・クラーク　ロトンドが言いたいのはね、ペチュラはまるで、小さな樽に入り込んだ牝牛だってことよ！
ブリ　パエリャになんて、出会うもんじゃない。ペチュラはどうやら、エラく気に入ったようだったけど。ボクはといえば何でもなかった、だって大事なのは、ボクの愛しいペチュラが、内面では全然変わっちゃいなかったことだから。永遠の愛の細い糸の上を、ボクらは進んでた。ふたり一緒に。それはボクらの目の中にあった。
ペチュラ　あたしのブリ、オラ〔スペイン語で「こんにちは」の意〕！
ブリ　うーんと……オレー〔間違えて「がんばれ」と応えている〕！　ボクのペチュラ。
ペチュラ　あたしはブリのミートボール。
ブリ　ボクはペチュラのブリ、ペチュラの彼氏。
ペチュラ　結婚のこと、みんなに言って。
ブリ　ウー、緊張する。
ペチュラ　ちょっと待って。

幾度かのキスの音が跳ねる。カーニヴァルの爆竹さながら。

ペチュラ　さ、これでいいわ。
ブリ　大人だなあ、ペチュラ。

ペチュラ　ブリ、テ・キエーロ〔スペイン語で「愛している」の意〕。

ブリ　いや、そんなエロってほどでもないよボク、[*1]単に彼氏なだけで……　さてと、お父さん、お母さん、ファン＝ミゲルのおじさんにマリ＝ファアナのおばさん、もうご存知かも知れませんが、何億光年の昔、ビッグ・バン・バンでこの地球が生み出されたそのずっと以前から、あるいはまた両生類が誕生し、インカ帝国が成立したそのはるか以前から、ペチュラとボクは愛し合っていました。

ジャン＝ミッシェル・クラーク　洒落たこと言うじゃないか、この甥っ子のブリのやつめは。大した役者だ。

マリー＝ジャンヌ・クラーク　ファアン、あたしにバブバブして、ね、欲しいの、今すぐ！

ジャン＝ミッシェル・クラーク　マリ＝ファアナ、まあこいつに喋らせな。いいじゃないか、スペインとは全然気候もちがうんだから。

ブリ　現在ただいま、ボクはもう一人前の女になり、ペチュラも小僧っ子じゃなくなり。

ペチュラ　ブリ！

ブリ　いけね！　えー、失礼しました……　ボクらは結婚したいのです。お集りの皆様方、どうかお認めください、お嬢さんとの混浴を。[*2]

＊1　原文では、ペチュラの「愛してる」というスペイン語《Te quiero》の意味が分からないブリは、聴き取れた「エロ」をフランス語の《héros》「英雄」と解釈し、「ボクは英雄などではない」と応えている。

＊2　原文でブリは、結婚の許しの意の「お嬢さんの手《マン》」を下さいと言おうとして、「お嬢さんのパン」を下さい、と言い間違えている。

ペチュラ　婚礼よ、ブリが言いたいのは。ええ、そうなの、あたしたち結婚したいの。
ブリ　そうそう、それが言いたかったの。
ジャン＝ミッシェル・クラーク　こいつらもう、ほんとバブバブ過ぎ！
ママ・ビノクラ　素敵よ、もっとやってみせて！
マリー＝ジャンヌ・クラーク　もっとやって！　バブー！　もっとよ！　あたしもう、バンッ、ボンッ！
ダディ・ロトンド　ほらもっと続けて！
ジャン＝ミッシェル・クラーク　ほら、もっと！
ブリ　もっとって、何？
マリー＝ジャンヌ・クラーク　そのお芝居よ！　アミーゴ！　どんどんお芝居ちょうだい[*1]！
ブリ　君のママって、料理用のハッパでラリったりしてる？
ペチュラ　あたしたち結婚したいの！
ダディ・ロトンド　俺たちもさ！　な、俺これからファン＝ミゲルと結婚するぞ！
ジャン＝ミッシェル・クラーク　そうとも！　ああ、恋のアモールの炎のカロール〔原文はスペイン語で「そうだ！　恋の熱だ！」〕！
マリー＝ジャンヌ・クラーク　そうよ、炎のカロール、恋のアモール、バブー！　で、そのハッパってどこ？
ママ・ビノクラ　家族っていいわあ！
マリー＝ジャンヌ・クラーク　ビバ・ラス・ファミリアス〔家族万歳〕！　あたしは、バンッ、ボンッ！

ダディ・ロトンド　あのなファン、シャロン・ストーンってのも、根はいいやつなんだ。

マリー＝ジャンヌ・クラーク　あたしも、根はいいやつよ！

旅立ち。

ブリ　ペチュラとボクは、永遠の愛の細い糸の上を進んでた。パパたちは何にも分かっちゃいなかった。親から祝福してもらえなかったボクらは、そこで考えた。ボクらの愛のチュクフク[*2]には、イギリスの女王様こそが最適のひとだって。

ブリ　女王の方が法王よりずっといいよ。ローマ法王って死んじゃったろ！

ペチュラ　ううん、寝てるだけよ。

ブリ　ローマ法王のまわりにはさ、キンピカの服を着た法王みたいなのが、何人も、ウジャウジャいて、みんな法王に見えるから、見分けがつかないよ。そこいくとイギリスの女王様は帽子をかぶってるから、すぐ分かる。ふつう女王様ってのは、すごいネックレスとかブレスレットしてるからね。

ペチュラ　ブリとあたしは逃げ出した。真夜中に。ベッドの中で親たちが、冗談言って笑い転げ

＊1　原文はブロークンなスペイン語。« Siempre dos sketchas ! »「もっと二つのスケッチを！」。

＊2　原文は « bénédicter » で、ブリは「祝福する」という動詞の正しい形 bénir を知らない。

てる真夜中に。

ブリ　家出、っていうやつだ。

ペチュラ　軽めのカバンと貯めてたお小遣いを持って。

ブリ　早く歩いたりはできなかった。パエリャのせいで。

ペチュラ　女王様の祝福が欲しかった。結婚して、林間学校に行きたかった。

ブリ　駅で、イギリス行きの切符を二枚頼んだ。窓口の駅員さんはボクに言った。「ようブリ、シャロンに会いに行くのか?」。ボクは答えた。「ボク、婚約したんだ。女王様に会ってチュクフクしてもらうの」

ペチュラ　駅員なんか、やりこめちゃった。

ブリ　カレー市までが電車で、そこから先はフェリーだ。

ペチュラ　電車はあたしたちだけだった。何度かうつらうつらした。ブリとあたしは身を寄せ合って、手と手をしっかり握ってた。本当の人生だった。永遠の愛の細い糸だった。

カレー市にて。

ブリ　カレーに着いて、船に乗ろうとした。まだ真っ暗だった。カレーの駅のまわりには、吐き捨てられた痰とオレンジ色の明かりがあった。

ペチュラ　海は大荒れだって言われた。

ブリ　出来の悪いセットよりひどかった!　まったくイギリス人のやることと来たら!

ペチュラ　海の修理でもしたかったのかしら？
カレー駅の駅長　（泣きながら）お前たち、家出だろ？　私はカレー駅の駅長だ。
ペチュラ　通報するの？
ブリ　お願い、やめて！　ボクら結婚するんだ。
カレー駅の駅長　（泣きながら）三番ホームに停まってる在来線の車両の中でおやすみ。明日の十時までは動かないから。
ブリ　ありがとう、カレー駅の駅長さん。
カレー駅の駅長　（泣きながら）人といるのはいいもんだからね。私はウツなんだ。明日は、定年退職の日でね。
ブリ　ペチュラ、ウツって何？
ペチュラ　お腹の肉をふりしぼって流す涙のことよ、何かにつけて。アイスを食べたりとか、海を見てたりとかして。
ブリ　三番ホームに停まってる在来線の車両に、ペチュラとボクは乗った。寒かった。オレンジ色の光が、窓から差し込んでた。駅長さんから招待を受けたのは、ボクらだけじゃなかった。
ミラン　こんばんは、僕はミラン。こいつは、妹のアンナ。僕たち、アルバニアから来たんだ。
ペチュラ　こんばんは、ミラン。あたしはペチュラ・クラーク。
ブリ　こんばんは、アンナ。この子はペチュラ、ボクの従姉。ボクは、ブリ・ミロ。ほら画家にもミロっているでしょ。ボク、ミロの絵は全部模写したんだ。自慢じゃないけど、あれはプロはだしだったな。
アンナ　こんばんは、プロのブリ。[*1] こんばんは、ペチュラ。
ブリ　ボクら家出してんの。
ミラン　何のために？
ブリ　ペチュラとボクは、顔を見合わせた。口は利かなかった。すべてが、目に浮かんだ。愛の日々も、約束も、希望も、すべてが目に浮かんでは、流れた。でも、今や人生は、もう前とは違っていた。
ペチュラ　破局よ、ブリ。
アンナ　何でふたりは家出してるの？
ペチュラ　イギリスに行こうと思ったの、それから……
ブリ　それからロンドン・タクシーに乗ろうと思って……
ペチュラ　それから女王様にお礼をね……
ブリ　そう衣裳が素敵でしょ。
ペチュラ　そう、女王様いつも完璧だから。
ブリ　エレガンスって、やっぱ凄いね！
ペチュラ　あたしたちはもう愛し合っていなかった。突然に。ブリとあたしは、荒れた海みたいに混乱してた。
ミラン　僕たちはね、アルバニアから逃げて来たんだ。親もいないんだ。僕と妹とふたりだけ。
ペチュラ　そう、つまりその、あたしたちもね、ここに来ちゃった。て言うか、あたしはね、こ

ブリ　こに来ちゃったの。
アンナ　ボクもここに来ちゃった。ところで、ボクも結構アルバナナの話は聞いたことあるよ。綺麗なとこなんでしょ。バナナの栽培で有名だもんね。
ブリ　戦争やってるのよ。
アンナ　バナナのせいで？
ペチュラ　わかんない。
ミラン　きっとそうよ。バナナって凄くおいしいでしょ、だからみんな欲しくて喧嘩するのよ。
ペチュラ　そうは考えたことなかったなあ。
アンナ　あたしはきっとそうだと思う。
ブリ　ブリ、あたしのクマちゃん見たい？
ペチュラ　ボク猛獣大好き、特にぬいぐるみの。
ブリ　ミラン、あたしが何考えてるか知りたい？
　ペチュラとボクは、もう目も合わさなかった。ペチュラはミランを見ていた。ボクはアンナを見ていた。電車の中には、真新しい愛の細い糸が、紡ぎ出されていた。愛はつまり、破局するんだ。ボクはアルバナナのアンナと結婚したくなっていた。
アンナ　このクマさん、ウェルズっていうの。

＊1　ブリの《bon boulot》「いい仕事」という台詞（ここでは「プロはだし」と訳した）をもじって、アンナはブリに《Bouli Boulo》「ブリ・ブロ、仕事のブリ」という新しい名前を与えている。

ブリ　クマさん・ウェルズか[*1]、いいじゃん。
アンナ　この子はあたしのたった一つの宝物。兄さんを除くとね。
ブリ　ボクんちにはおもちゃがウントコサあるんだ。欲しけりゃ全部あげるよ。
アンナ　あたしはね、このクマさん・ウェルズをブリにあげたい。
ブリ　でもそれ、たった一つの宝物でしょ！
アンナ　ブリが好きなの、だからあげる。
ブリ　（泣きながら）だめだよ。
アンナ　どうして？
ブリ　そんなの素敵過ぎて、ボク、ウツになっちゃう！
ペチュラ　ミランは黒髪を、ずいぶん長く伸ばしてた。髪の上に、カレー駅のオレンジ色の光がキラキラ反射していた。あたしたちは三番ホームの在来線の座席に座っていた。あたしはキムチの一撃を食らったように、ミランを愛し始めてた。愛はつまり、破局だった。
ミラン　何考えてるか、教えてよ。
ペチュラ　え？
ミラン　何考えてるの？
ペチュラ　あなたのこと。
ミラン　じゃ、今は何？
ペチュラ　やっぱりあなたのこと。
ミラン　ちょっと待って……じゃ今、今は何考えてる？

ペチュラ　あなたよ！
ミラン　あのさ、僕たち愛し合ってるんだと思う。
ペチュラ　あたし太り過ぎでしょ？
ミラン　そりゃ、健康っていうやつさ、いいことだ。アルバニアじゃあ、珍しい。
ペチュラ　あたしを連れてってくれる、あなたの国に？
ミラン　ここにいた方がいいよ、ペチュラ。向うは、戦争だから。
ペチュラ　ね、戦争ってどういうものなの？
ミラン　僕も知らない。先にあるのが死ぬことだけ、ってことかな。
ペチュラ　でもあたしがここにいるわ。あたしの気持ちを、あなたにあげる。

ドアが開く。

カレー駅の駅長　（泣きながら）こんばんは、みんな。ここで、みんなと寝てもいいかい？　明日は、定年退職の日でね。私はやめたくなんかないんだ。仕事はよかった。私には妻がない、休暇にはどこへも行かない。子供もないし、孫もない。どうしたらいいんだ、私は？

＊1　フランス語で「クマちゃん」は《ourson》で、《Welles》と並べると、Orson Welles と発音が殆ど同じ。「クマさん」の部分は、できるだけ「オーソン」に近付けて読んで頂きたい。

ペチュラ　どうぞ、座って下さい。この車両いっぱいに、細い愛の糸を張り巡らせたとこなんです。きっと居心地いいですよ。

カレー駅の駅長　（泣きながら）在来線はいいもんだな、文句のつけようもない。新幹線とは　大違いだ。

ミランの声。やさしい歌声。戦火は遠い。カレーの駅長の、お腹の肉をふりしぼって流す涙の音もする。

ブリ　カレー駅の駅長さんは、ペチュラの膝に頭をのっけた。そしてミランはアルバナナの歌を歌った。定年退職なら、ボクも知ってた。役者稼業に終止符を打つのは、難しいことだったから……

アンナ　もうキスってしたことある？

ブリ　まさか、ボク七つだよ。

アンナ　あたしは八つだけど、やっぱりないわ。

ブリ　してみたい？

アンナ　うん、プロのブリ。

カレーの駅長はいびきをかいている。

ペチュラ　あたし、キスのこと考えてる。分かる？

ミラン　ああ。
ペチュラ　ちょっと邪魔だわ、この膝の上のおじさん。
ミラン　考えなきゃいい。

子供たちはやさしくキスをかわす。
いびきはほとんど歌のようになっている。

ドアがバタンと音をたてる。

シャロン・ストーン　ブウリィ！　ウェア・アー・ユー、私のベイビー？　イッツ・ミ！
ブリ　シャロン・ストーン！
アンナ　誰、この人？
ブリ　元カノ。あとで話すよ。
シャロン・ストーン　ブウリィ、ユー・ブレーク・私の心！
カレー駅の駅長　（泣きながら）何、シャロン・ストーンだって！
ミラン　知らないなあ。
ペチュラ　いいのよ、こんな低俗な人。
ブリ　シャロン、アメリカに帰るんだ。雨だし、セットした髪が台無しになるよ！
アンナ　おばさん、帰って。プロのブリは、このあたしと一緒なの！

シャロン・ストーン　ブウリィ、イズ・イット・トゥルー？
ブリ　イエス、シャロン。ドント・クライ。アメリカに帰るんだ、オーケー？　マイ・ハート・イズ、もう人のものなの。ラブ・イズ・ア、破局なの、ユー・ノー。
カレー駅の駅長　（泣きながら）ミセス・ストーン……

雷鳴。
そして、抗し難い魅力のラブソング。

シャロン・ストーン　ハロウ……　あなたどなた？
カレー駅の駅長　（泣きながら）私はカレー駅の駅長をしております。あなたの映画は全部観てます。私、ウツなんです。
シャロン・ストーン　ミー・トゥー。私も、ウツ。コール・ミー・シャロン。ホワッツ・ユア・ネーム？
カレー駅の駅長　（鼻をかむ）マイ・ネーム・イズ・シュッポッポ。アンリ・シュッポッポ。
シャロン・ストーン　ワンダフル、シュッポッポ。
カレー駅の駅長　（泣きやんでいる）駅をご案内しましょうか？
ブリ　行きなよ、シャロン。ここ、フランスで一番綺麗な駅なんだから。アルバナナから見学に来るくらいなんだ。
シャロン・ストーン　決して忘れないわ、ブウリィ・ミロウ……それで、ミスター・シュッポッポ……アイ・ラブ・ユー・アット・ファースト・サイト〔「一目惚れしました」の意〕。

カレー駅の駅長　（元気よく笑みを浮かべ）アイ・ラブ・ユー、私も、凄く。ではっきり言って、これほんとに好都合この上なしだ。私はこれから定年だから、タイムがある、ロッツ・オブ・タイムがあって、べらぼうにヒマ。さあシャロン、これから旅行に出掛けよう、どうだい？

シャロン・ストーン　世界のおう、果てえ、までね、シュッポッポ。

カレー駅の駅長　（ボーン・アゲイン〔生まれかわったように〕）アリエージュの私の両親に会いに行こう。とにかく紹介しなきゃ……

カレー駅駅長はシャロン・ストーンを腕に退場。

ブリ　愛は破局だ。

ペチュラ　夜が明けるわ。

ミラン　アンナ、行かなきゃ。

ペチュラ　どこに行くの？

ミラン　友達のところ。ハウストレーラーがあるから寝られるんだ。

ペチュラ　じゃあ、あたしたちの愛は？

ミラン　ほら、これ、アルバニアの僕の住所。戦争が終わったら、妹とそこに帰ってるから、君もおいでよ。僕は君にキスをあげる。君は僕に気持ちをくれるね。

ペチュラ　愛してるわ、きっと行くわ。
ブリ　アンナ、ボクも行く。クマさん・ウェルズと一緒に。それまでちゃんと面倒みてるから
ね。それで、行くときはボクのおもちゃみんな持ってく。それから、キミの親は死んじ
ゃってるから、行ったときはお兄さんに、結婚の許しを……
ミラン　許すよ、ブリ。
ブリ　ありがとう、ミラン。期待を裏切らないよ！
アンナ　さよなら、プロのブリ。
ペチュラ　さよなら、ミラン。
ミラン　どうして僕たちみんな泣いてるんだ？
ブリ　駅長のせいさ、あいつバカだ！
ブリ　三番ホームで、ボクらは最後のキスをした。カレーはすごく寒かった。
ペチュラ　あたしのミランと、ブリの恋人アンナは、線路を横切って行った。あたしたちは、
気を付けてって、合図した。ここは戦争じゃないけど、人生が難しいのはどこも一緒だ
ったから。あの人たちは線路を越えて行った。
ブリ　そして見えなくなった。
ペチュラ　ブリとあたしは立ちつくしてた。ミランとアンナのことを思った。親たちのことを思
った。そしてあたしは、ミランとアンナの住所を握りしめた。今この時、戦争の起きて
る住所。そこに、いつの日か、ミランとあたしは……
ブリ　それ、あとで写させてね。

ペチュラ　これからどうする、ブリ？
ブリ　帰る？
ペチュラ　ちょっと歩いてみよっか？　あたし、歩きたい。

線路の砂利の上を行く子供たちの足音。
時折、電車が通る。

ペチュラ　あたしたち、どうしたんだろう、ブリ？
ブリ　愛って、全然分かんないや。
ペチュラ　あたしも。もうあたし十歳なのに。
ブリ　うらんでる？
ペチュラ　ううん。ブリは？
ブリ　ううん。だってボクら愛し合ってるから。
ペチュラ　あたしが、別の人のことを思ってて。
ブリ　ボクが、君のじゃないクマちゃんを養子にしたって。
ペチュラ　あたしたちは、愛し合ってる。
ブリ　でも結婚はしない。
ペチュラ　悲しいわね。
ブリ　多分ね。

ペチュラ　あのね、アンナって、シャロン・ストーンなんかよりずっといいわよ。
ブリ　アルバナナの女性って、魅力があるんだね。
ペチュラ　でいつ終るのかしら、戦争って。
ブリ　愛みたいなもんだよ。誰にも分からない。
ペチュラ　破局よね。
ブリ　花でも植えよう。*1
ペチュラ　愛してるわ、従弟のブリ。
ブリ　（泣き出す）カレーってすごく寒いね。
ペチュラ　行こう。
ブリ　（涙声）抱きしめて、ペチュラ。ボク、こわい。
ペチュラ　何が怖いの？
ブリ　（涙声）ボク将来は駅長なんだ！　ボクはいつまでもお腹をよじって涙を流すんだ！
ペチュラ　そんなで電車を駅に停められる？
ブリ　（笑おうと努力しつつ）抱きしめてよ。

ミランとアンナの話し声が聞こえる。あまやかな歌のよう。
線路の砂利の足音。
電車が出発する。

〈幕〉

＊1　原文は « Il faut planter des pensées »「パンジーを植えねばならない」であるが、« pensées » というのは「花」と同時に、ペチュラとミランのやりとりに再三出て来た「気持ち、愛情」をも指している。

セックスは心の病いにして時間とエネルギーの無駄

故ラミーヌ・ディエング[*1]に、
そして
クリゾゴーヌ・ディアングワヤ[*2]に捧ぐ

絞首台は自分の獲物を逃さない〔「悪人は最後には罰せられる」という意〕。（俗諺）

＊1　Lamine Dieng とは、二〇〇七年六月十七日早朝（午前五時頃）、パリ市内のホテルで女性と大声をあげるなどの騒ぎを起こし、警官数名から職務質問を受けている間に死亡した黒人青年（当時二十五歳）。警察はアルコールと薬物の多量摂取による心臓麻痺と発表したが、ディエングの親族は警官らの過剰な制圧による窒息死と主張し、真相究明のための市民運動を起した。

＊2　Chrysogone Diangouaya は、コンゴ出身パリ在住の、ダンサー・振付家・役者。

登場人物

アルバン・ルガル　二十七歳
ティエリー・ブレット　四十歳
ベルナール・フォーシェ　六十五歳

1　痛手を受ける

フランス、現代。

アパートの一室。

赤と白の壁。

居間。

ソファひとつ。

大きなガラス・テーブル。

冷蔵庫ひとつ。

テレビ一台。

片隅に、仔羊を担いだ牧童の彫像。

椅子が四脚。うち一つは、幕切れまで空席のまま。誰かが座るのを待つかのごとく。

朝食の時間。

ティエリー・ブレットとアルバン・ルガルがテーブルについている。ブレットはパジャマ姿。ルガルはパンツ一丁。

ティエリー・ブレットは携帯電話を切る。アルバン・ルガルはコーヒーを注いでいる。

ティエリー・ブレット　あいつ、娘の名前はアンヌ＝リーズにしたってよ。体重が三七〇〇グラム。身長は五三センチで、それって、あいつの話じゃ、大きい方なんだってさ。アンヌ＝リーズ。なんでアンヌかっていうと、母親の名前から。でリーズは、妹からとったんだと。ま、そういうわけ。な、そういうわけなんだ。俺がおんなじようにしたら、俺の娘の名前はユゲット＝フロランスになるな。

間。

アルバン・ルガル　パンにバター塗ってやろうか？
ティエリー・ブレット　いや。

間。

アルバン・ルガル　そりゃ確かに、大きいよ、五三センチって。女の子にしては大きい方さ。大きくて良かったじゃない。その方が良いに決まってる。自分の身が守れる。牡牛《おうし》だな。牡牛っていいじゃない。俺は、牡羊座。それが俺の性格に影響してるんだ。その赤ちゃん、きっとパンチのある子になるよ。
ティエリー・ブレット　お前、いつから星占いなんかに興味持ってた？　五三センチなんてな、小さいよ。小さ過ぎ、極小だ……

アルバン・ルガル　その子が一一二センチあったって、あんたに言わせりゃ小さいんだろ……

ティエリー・ブレット　母親のお腹が引きちぎれるくらいの凄い出産だったとしても、小さい赤ん坊だ、って言うだろうな。それに、きっとブスだ、その女の子。父親と同じ出っ歯だと思うわ。何しろ、父親はな、もう赤ん坊に義歯をはっつけたってよ。病院の回転を良くするためなんだとさ。インプラントだか、人工歯冠だか、差し歯だか何だか知らないが、とにかく、ヘボ歯医者のお道具一式さ。全く、あいつらのクソったれのお姫様に、ステキな歯の冠をどうぞって訳さ。

アルバン・ルガル　腐ってるな、このバター。バター、腐ってるわ。

ティエリー・ブレット　一生、他人の口の中で、穴開けて、トンネルこさえて過ごすんだ。まるでみんな、逃げ出さなきゃならないっていうみたいにな。みんなそこを、当然そこを通って、逃げ出さなきゃならんって訳だ。胡散《うさん》臭いと思わないか？

アルバン・ルガル　パクりゃいいのさ、パクりゃ。ブン殴っちまおう。歯医者なんてみんな、ブン殴っちまえばいいんだ、好きなだけな。落ち着きなよ。

ティエリー・ブレット　やっぱり、パンもらうかな。

アルバン・ルガル　バター、腐ってんだ。

ティエリー・ブレット　そりゃ、あのガキのせいだ。あのガキが腐ってんだ。あの赤ん坊は、生まれたてでもう腐ってる。腐ってて、汚染してるんだ、俺らを。

アルバン・ルガル　じゃ、パン切れだけでいいね。

ティエリー・ブレット　パン切れだけ。

アルバン・ルガル　そ。何にもないパンだけ。
ティエリー・ブレット　何にもないパン。
アルバン・ルガル　そ、だから、パンさ。ただの空っぽのパン。バター腐ってるから。
ティエリー・ブレット　アルバンお前、何か俺に言いたいことある？
アルバン・ルガル　いいや、別に。
ティエリー・ブレット　パン切れだけ、何にもないパン、ただの空っぽのパン。そのお前のあてこすり、俺に意味が分からないと思ってんだ。こちらのルガルさんは、俺の人生を皮肉ってらっしゃる。ルガルさんは、比喩をお使いになるって訳で。
アルバン・ルガル　俺、寝直そうかな。
ティエリー・ブレット　そりゃあ俺は、パン切れみたいな情けない奴さ。けど俺は知ってる。死ぬほど誰かを好きになるのがどんなことか。俺は一人の女を知ってる。一人の女、その女は、女は……俺は知ってる。その時……俺は知ってるんだ。分かってるんだ。深く知ってるんだ。何故なら、俺の血潮が知ってるからだ。俺のキンタマが知ってるんだ。俺の鎖骨、俺の脾臓が知ってるんだ。俺の肝臓、俺の嘗《な》めた苦汁の全てが、彼女を覚えてるんだ。俺は知ってる。俺が何を失ったかを、俺が何を奪われたかを。俺は知ってるんだ……だってババベットは、いいか、もしもお前が知ってたら、もしお前がババベットのことを知ってたら……ババベットはつまり……でもお前は知らないんだ。お前は知らない。だからそうやって、俺をパン切れなんぞに喩えたのさ。
アルバン・ルガル　このパン切れ？

アルバン・ルガル　じゃね。
ティエリー・ブレット　なんでお前を殴らないんだろうな、俺。
アルバン・ルガル　俺、寝直す。
ティエリー・ブレット　ひとり切りの男、何にもない男、空っぽの男。

アルバン席を立つ。

ティエリー・ブレット　アルバン……
アルバン・ルガル　何？
ティエリー・ブレット　もうちょっと、いろよ。
アルバン・ルガル　俺、パンの話はしたけど、あんたのことなんて全然言ってないよ。パンの話したただけ。それだけ。パンの話しながら、それ以外のことが言えるなんて、俺知らなかったよ、ほんと、全く。練習でもしなきゃ、そんなこと出来ないよな。
ティエリー・ブレット　レイミュ〔フランス映画の名優（一八八三〜一九四六）〕には、出来たな。
アルバン・ルガル　誰、レイミュって？
ティエリー・ブレット　お前、レイミュ知らない？
アルバン・ルガル　レイミュ。
ティエリー・ブレット　ああ、レイミュ。
アルバン・ルガル　知らねえなあ。会ったことあるっけ？　誰それ？　署の誰か？

ティエリー・ブレット　役者さ、アルバン。『パン屋の女房』〔レイミュが若妻に欺かれるパン屋を演じた映画（一九三八年）〕。

間。

アルバン・ルガル　パン屋の女房？　そのそいつが、パン屋の女房をヤッたの？　このあたりの野郎なの？　俺、まえに一度、ドパルデューの息子なら見たことあるんだ。あれは確かにドパルデューの息子だった。
ティエリー・ブレット　忘れな。
アルバン・ルガル　あんたこそ、忘れな。
ティエリー・ブレット　だから、忘れなって。
アルバン・ルガル　あのね、こっちは全然大丈夫。でもあんたは、はっきり言って、忘れた方がいいね。
ティエリー・ブレット　忘れるって、何を？
アルバン・ルガル　分かってるだろ。
ティエリー・ブレット　分かってる？
アルバン・ルガル　良く分かってるだろ。
ティエリー・ブレット　他人のアラだきゃ良く見えるよな。
アルバン・ルガル　他人の何だって？

ティエリー・ブレット　忘れな。
アルバン・ルガル　俺が、何を忘れなきゃいけないってんだ？
ティエリー・ブレット　どう思うよ。
アルバン・ルガル　忘れなきゃいけないことなんて、何もないね。
ティエリー・ブレット　俺もさ。
アルバン・ルガル　そうだろうとも。
ティエリー・ブレット　俺、おふくろに電話しなきゃ。おふくろに話しなきゃ。

間。

アルバン・ルガル　俺には、何にも、忘れなきゃならないことなんてないね。俺は一時的に、使ってもらえないだけ。控えのベンチにいるってのは、客席で見てるのとか、テレビの前に座ってるのとは、訳が違うんだ。

ベルナール・フォーシェ登場。
バスローブにスリッパ。
頭はぼうぼう。
座る。
コーヒーを注ぐ。

ベルナール・フォーシェ　やあ、みんな。

ブレットとルガルは立ち上がって、テーブルを片付ける。

アルバン・ルガル　バターは腐ってるよ。
ティエリー・ブレット　バベットが出産したんだ。女の子だって。
ベルナール・フォーシェ　そりゃおめでとう、ティエリー。
ティエリー・ブレット　俺は関係ないんだ。
ベルナール・フォーシェ　いや、言ってみただけさ。
アルバン・ルガル　ベルニー、今日は買物する日だろ。ジャム買って来てくれるかな……
ベルナール・フォーシェ　すまんがな……
ティエリー・ブレット　あんたも関係ない。
アルバン・ルガル　ブルーベリー・ジャムとさ、トイレットペーパーがないんだ。洗剤も。俺、メモっといたよ。
ベルナール・フォーシェ　この小僧は、耳が聞こえないか、頭がどうかしてるな。なあアルバン、耳掃除しとけよ。お前の字はな、俺には読めないんだ。やってみたよ、でも無理なんだ。お前の綴りの間違い、ありゃひどい。こないだの買物メモには、一九の品物書いてたよな。そこに、三七個間違いがあった。しかもあの、蝿の足の絡まったみたいな字、ありゃ何だ……お前、俺について来りゃいいんだよ。今日は何にも予定ないよな。俺について来い。

アルバン・ルガル　俺、練習しなきゃ。

ティエリー・ブレット　俺、おふくろに電話しよ。

ベルナール・フォーシェ　荷物はお前が持てよ。筋肉がついて、いい。

アルバン・ルガル　俺、署に寄ってく。

ベルナール・フォーシェ　アルバン、よく考えろ……

ティエリー・ブレット　俺、やっぱおふくろに電話しない。

アルバン・ルガル　じゃ、しなきゃいい。

ベルナール・フォーシェ　電話しなよ、ティエリー。じゃないとお前、調子悪くなるぞ。おふくろさんに電話しないと、お前いつも調子が悪くなるだろ。だから、電話しな。それから、着替えだ。ほら、みんな、着替えた着替えた。ひどいな、このコーヒーは。

ティエリー・ブレット　俺の涙が入ってるんだ。

ベルナール・フォーシェ　お前、コーヒーの中に涙入れたのか？

アルバン・ルガル笑い出す。

ティエリー・ブレット　今の俺のこの状態、見たろ？　痛手を食らったんだよ。でも、俺は俺だから。

ベルナール・フォーシェ　そうか、じゃ、アルバン、当てにしてるよ。
アルバン・ルガル　何時にする？
ベルナール・フォーシェ　ここの朝飯の程度の低さを考えるとだな、俺がぐずぐずしてる訳はないからな。三十分後に出よう。「クリ・クリ」でコーヒーを奢ってやるよ。それで、朝刊でも読むことにするか。
アルバン・ルガル　あんたも来る？
ティエリー・ブレット　テレビでドキュメンタリーがあるんだ、「ナショナル・ジオグラフィック」の、動物もの。
アルバン・ルガル　それ見たわ、俺。
ティエリー・ブレット　どうだった？
アルバン・ルガル　最後に、ライオンがガゼル食うんだ。
ベルナール・フォーシェ　でバベットは、何て名前にしたって？
ティエリー・ブレット　アンヌ＝リーズ。

拳を打ち付ける音が聞こえる。指の関節を鳴らすかのごとく。顎の骨のみしみしいう音。断続的な呼吸音。咆哮。

2　爪の一撃を見る

テレビの前。

ベルナール・フォーシェ　凄いな。

ティエリー・ブレット　いつも思うんだけど、カメラってどうしてんだろな。どうセッティングして、どんな奴が回してんだろ。かなり重いだろ、きっと。で距離もさ、どれくらいほんとは離れてんだろな、カメラマンと、トラとかチータとかライオンとか。危険だよな、あれ？　結構儲けてんだろな、あいつら、大金貰って、しかも、凄い景色が見られるんだもんな。テントに寝てさ、ガイドがいて、現地のガキ使って、欲しいものは何でも手に入るんだ。

アルバン・ルガル　凄い力だな、見たろ、今の。

ティエリー・ブレット　ところが俺たちは、グズグズして、だらけてんだ。走らなきゃな、せめて、一日一回は。走るんだよ。

ベルナール・フォーシェ　で結局、一番大変なのは、牝ライオンの仕事なんだ。

アルバン・ルガル　俺らを警察学校に送り込むよかさ、アフリカで研修する金出してくれた方がいいよな。これって、撮影アフリカだろ？

ベルナール・フォーシェ　ボツワナだな。綺麗だよな、ボツワナは。

アルバン・ルガル　行ったことあんの？
ベルナール・フォーシェ　行ってみたいな。
ティエリー・ブレット　封筒も買っとかないと。家賃、家賃。今日は二十九日だろ。
アルバン・ルガル　二十八。
ティエリー・ブレット　じゃ、アンヌ＝リーズの誕生日は四月二十八日ってことか。あのな、おふくろがなんて言ったか教えようか？　おふくろは言ってた。あのクサレ女が母親なんだ、娘も碌なことにゃならない、ってね。それからおふくろは……わ、凄いな、あの爪！　おい見たろ、今の爪！　わわ、口開けやがった！
アルバン・ルガル　奴らの世界じゃインパラなんてのは、人間界の犬畜生とおんなじなんだ。本質的にはね……おおー、手加減なんて全然しねえな。
ベルナール・フォーシェ　インパラで生まれる人間と、ライオンで生まれる人間とがあるのさ。
ティエリー・ブレット　電話するんじゃなかった。時々、やめときゃ良かったって日があるんだ。
俺、切手買えるようになろ。
アルバン・ルガル　俺、署に寄ってかなきゃ。そいで郵送しとくよ、俺らの小切手。
ベルナール・フォーシェ　お前、署に寄るって？　誰かに会うのか？
アルバン・ルガル　行かなきゃならないから行く、それだけのこと。
ベルナール・フォーシェ　切手は俺が買うよ。
アルバン・ルガル　どういう意味？
ベルナール・フォーシェ　お前はここでじっとしてた方がいいってことさ。もう忘れな。お前のことも忘れてもらうんだ。

アルバン・ルガル　今朝から、みんな、それしか言わないよな。あんたも、ティエリーも。忘れろ、ってね！　それ以外に言うことないのかよ。俺たちの眼の前には、一枚の白い紙切れがぶらさがってて、その上に、俺たちの姑息な取り決めを書き付けとこうってのかよ。俺には、忘れなきゃいけないことなんて何もないね。名簿から俺の名前を消すつもりもない。俺の制服も、俺の銃も、無かったことしろってのかよ！　俺は警官だ。ここまで来るのにかなりの苦労だってしたんだ。椅子から放り出されるつもりなんて毛頭ないね。

ティエリー・ブレット　椅子だと？　お兄さんよ、四十で俺はな、巡査長だった。勤続年数十二年の俺に、警察がくれた椅子はそれだけだ。お前が随分大事に思ってる警察庁はな、それだけのことしか俺にしちゃくれなかったんだ。階級なんぞにこだわるつもりもないがよ、ちょっとした椅子、時々息のつける気持ちのいい椅子があったって、悪い気はしなかったろうな。

アルバン・ルガル　とにかく俺は、こんなとこで燻《くすぶ》ってるつもりはない。あんたには野心ってものがないんだ。持ったことすらない。自分の居場所じゃなかったからだろ、ティエリー、自分の場所じゃなかったから、あんたは辞めた。どうぞ、どうぞ。俺はちがう。俺は自分の場所を見付けたんだ。それを、クソみてえな理由で追い払おうってんだ。どう見たって、運が悪かったってだけの話なのに。俺が自分の場所を取り戻したいって思うの、当然だろ、な当然だろ？

ベルナール・フォーシェ　いや全く見事としか言いようがないな、こいつらの殺戮は。猛獣を見てると、もっとやれって言いたくなるよ。

ティエリー・ブレット　小僧さん、辛抱するってことを覚えるんだな。俺の言いたいのはそれだけ。

ベルナール・フォーシェ　肉ってものが、単なる肉ってものが素晴らしく見える時もあるんだな。

アルバン・ルガル　いや、肉じゃなくって、肉を引き裂く顎だろ。そいつだよ、凄いのは。

ベルナール・フォーシェ　ティエリーの言う通りだ。裁判を待つんだ。のんびり構えてろ。ボレルがごちゃごちゃ言いたいんなら、言わしときゃいい。だがお前は、動くんじゃない。お前たちが日陰〔牢獄の意〕で散歩することになるのなら、日陰といっても椰子の木陰なんてもんじゃないがな、その時はそうだと、あいつらが言ってくるさ。あいつらは今、考えてるんだ。お前のことを忘れちゃいないよ、あいつらはな。

アルバン・ルガル　誰さ、あいつらって。

ティエリー・ブレット　椅子の上でふんぞり返ってる奴らさ、警視だの、警部だの、局長だの、隊長だの、お前より上の階級の奴らみんなさ。あいつらはお前に、甘い顔なんて見せないぞ。それから判事だ、それに看守もそうだ。いつかお前が、もしかしてムショ送りになったら――いいか、もしかしたらの話だがな――その時は、看守の奴らもお前の上役になるんだ、分かったか、このクソガキ。だから黙ってな。そこのソファに座ってるか、買物でもしてな。家賃の封筒に貼る切手忘れんなよ。で小さくなってな、死んだ振りでもしてな！　俺は、こないだの夜のことは正確には知らない。お前も、お前の仲間も、それについちゃあ全くはっきりしねえからな。マスコミの話はやめとこう。マスコミなんてのは、自分たちがクソまみれのくせに、綺麗事しか並べねえからな！　お前が辛いのは分かるよ……

ベルナール・フォーシェ　ティエリー……

ティエリー・ブレット　こいつに本当のことを言ってやってんのさ。俺の思ってることを言ってやってんのさ。言うしかないだろ、何日も何日も、そのことだけ考えてるってのに。これ以上抱え込むなんて勘弁してほしいんだよ、アルバン。

アルバン・ルガル　あんたは俺の父親なんかじゃない、ティエリー、黙ってろよ……

ティエリー・ブレット　俺はお前の、父親でも兄弟でも何でもないさ、俺は何でもありゃあしない、そりゃそうだ、もう全然大した人間じゃあない。でもこの場所を共有してんだろ、ベルニーとお前と俺とで。共有してるのは、な、気が合ってるからだろ？　違うか？　だからきっちり知っておきたいのさ、俺はどんな奴と一緒に住んでるのかをな。俺にバターが腐ってるって言う奴、俺のコーヒーに砂糖を入れてくれる奴、家賃の封筒に切手を貼る奴が、一体どんな奴なのかをな。それだけのことさ。

アルバン・ルガル　俺の名前があっちこっちに出てるから、俺が舞い上がってるとでも思ってんの？　ベンチ送りになって、俺が喜んでるとでも思ってんの？　あんたたちとダベってて、俺が楽しんでるとでも思ってんの？

ベルナール・フォーシェ　俺、着替えて来るわ。お、今度はサルか。サルの番組だけはよしてほしいね。ウンザリするんだよ、年がら年中シラミの取り合いっこしてるあの畜生どもには。十五分後だ、アルバン。十五分後な。

ベルナール・フォーシェ退場。

間。

アルバン・ルガル　それから、俺があんたに言ったこと、あれは事実だ。あれが事実なんだ。

ティエリー・ブレット　心臓発作って言ってたよな。心臓発作なんて、話にもなりゃしない。いいか、雷の話だけしたんじゃや、雷雨全体の話をしたことにはならねえだろ。俺はな、全てが知りたいんだ。屋根ひっぺがして、木引っこ抜いて、地面ほじくり返してもな、全てをだ。

間。

アルバン・ルガル　俺、着替えて来る。ベルニーが遅れるなって言ってたから。それに俺も、サル嫌いなんだ。

アルバン・ルガル退場。

顎の骨のみしみしいう音。断続的な呼吸音。咆哮。

3　汚い手を見抜く

ベルナール・フォーシェの部屋。

小さな赤い部屋。

白いベッドがひとつ。

ベルナール・フォーシェは、胸のはだけたシャツにズボン姿で、フリーペーパーを熟読している。

ベルナール・フォーシェ　「当方四十五歳女性。髪、茶色。目、栗色。一五九センチ。ホクロ多し。四十代から六十代の男性求む。スポーツ好きで、エレガントで、紳士的な方とのデート希望。趣味、映画、水泳、外食。ひやかしお断り」。掲載番号二三九八、か。一五九センチというのは、丁度いいな。これはいい。腕を組んで歩いて、こっちが貧相に見えることはない。一五九センチ、公園の散歩にもってこいだ。茶髪に栗色の目か、いいだろう。映画、水泳、外食。映画は別に要らんな。水泳は話にならん。プールの、あのガキどものわめき声は鼻持ちならん。平泳ぎでスイーッと進むことも出来やしない。しかも横でスイーッとやってる奴らの体には、黴菌《ばいきん》だらけだ。駄目駄目。はいはい、と言ってやるべきかな、いや、やはりこりゃ、駄目駄目。

ドアの向う側から。

アルバン・ルガル　ベルニー、何やってんだ？　俺もう行けるよ。
ベルナール・フォーシェ　すぐだ、アルバン。アポひとつ取りつけたら、すぐ行くから。
アルバン・ルガル　俺、寝直す暇あったじゃねえかよ。だと思ってたよ、全く。あんたすぐ来るって言ったろ、十五分後って言ったろ、で、もう三十分じゃねえか。フォーシェさんにはアポの取りつけがおありだそうで。俺、「クリ・クリ」で待ってる。五分で来いよ！

間。

ベルナール・フォーシェ　ホクロ多し。この女、何が言いたいんだ？　ホクロ多し？　変じゃないか、この、ホクロ多し。自慢してるのか言い訳してるのか、どっちだ一体？　魅力だと思ってるのか、それとも欠点だと思ってるのか？　肌よりホクロの部分の方が広いってのか？　何しろ、そうだとしたら、いや、そんなまさか、そりゃ有り得ない。ホクロ多し。多しって、これ、文字通りの意味じゃあるまい。だってそりゃ、悲惨なことになる。予防線を張ってるのかも？　会った時に俺がショックを受けないように。きっとそうだ、そうに違いない。ただせめて、離婚歴のあるなしは書いて欲しかったな。離婚したことのある女に勝るものはない。そりゃつまり、誰かに一度は愛されたってことだ。こっちは安心だ。バツイチ、即ち、いい女、だ。だがこれじゃあ、知りようがないな。それにもしかして、体じゅうのホクロのせいで、一度もオットメしてない女だったらどうする？

四十五の処女、それは、まあいい。調整はいくらも利く。しかし途方も無いブスだとしたら、そりゃもう無理だ。ウン。見えて来た。そうなんだ。読めたぞ。汚い手口が見えて来たぞ。話は簡単だ。こいつ単なるブスなんだ。頭の先から足の先まで、しみ、そばかすだらけなんだ。生まれつきのあざに、赤あざに、とにかく、あざ、あざだ。それを何なら、ホクロと呼ぼうじゃないか、[*1]お嬢さん、だがあんたの体は実のところ、薄汚いあざだらけなんだよ。だからあんたは、映画だのプールだのが好きなんだ。道を歩いてる時と違って映画館の暗闇の中でなら、あんたは他人からジロジロ見られてない気がする。あんたはプールに行く。あんたは四六時中、体を洗っていたいんだ、あんたにはそれが必要なんだ、肌をいつも水に浸けてたいんだ。何ならあんたは、朝から晩まで体をこすっていられる人間だ。そうしてあざや、ブツブツや、なんやかやがみんな消えればいいと願ってる。そしてもう、怪物みたいに見られずに済めばと願ってるんだ。あんたにゃ、ゾッとするよ。いや、残念だ、折角いい身長をしてるし、紳士が好きだっていうのに。お嬢さん、でもね、あんたのことはお見通しだ。お見通しなんだよ。掲載番号二三九八さんよ！　失格！　俺を素人だとでも思ったのかね！　違うね、違うんだよ。

フォーシェは腕時計を見る。

＊1　フランス語ではホクロのことをgrains de beautéといい、直訳すると「美の粒」。フォーシェはこの表現が、告知情報の女性の（彼が想定する）醜さとはそぐわないと言っている。

そしてフリーペーパーに戻る。

　理想はしかし、何と言ってもアフリカ女だな。美人のアフリカ女。俺はボツワナに行かにゃならんな。猛獣狩りでもして、で現地の女と結婚するんだ。でもボツワナの住民って、何て言うんだったかな？[*1]

フォーシェはシャツのボタンをはめる。

　ベルナール・フォーシェよ、貴様の人生が変わるのは、どうも今日という日ではないな。

断続的な呼吸音。
咆哮。

4　衝動に駆られる

警察車両の中。
漆黒の夜。
車両の回転灯の光。

ティエリー・ブレットは機械的にナビを操作している。

アルバン・ルガルは煙草を吸っている。

ティエリー・ブレット　車。車と夜だ。長くなるぞ、今日。昨日より長くなる。

アルバン・ルガル　バックミラー調節して、ベルト締めて、夏は窓を開けて、ラジオのチューニングして、暑い思いして、窓から腕垂らして、トラックの運ちゃんのペタンクみたいに、仲間と勝負して熱くなって、で最近のテレビの話でもすんのさ。あれ見たかよ、あのティッシュにくるまってた金髪女？　この調子だと来年はさ、宝くじの輪っか回す時、きっと素っ裸だぜ、あのテレビのエロい姉ちゃん。

ティエリー・ブレット　車と夜、ともに時速二十キロ。夜の歩みは蟻の歩み。俺の、顕微鏡なみの小さな人生。で暑過ぎる。だから俺はドアをブッ叩く、手の平で。すると相棒に言われる。「ブレット、何してんだお前？」

アルバン・ルガル　女の子が何人か、妙な時間に家に帰ってく、そおっと……

ティエリー・ブレット　俺はブッ叩く。

アルバン・ルガル　見るからに、ピンと来る、俺にはすぐ分かる、分かるんだ……

＊1　フランス語では、地名には対応する形容詞があり（例えば、France : français）、それが名詞化して「～人」を意味するのだが、ある種の地名には形容詞が容易に推定出来ない場合があり、ここでフォーシェは「ボツワナの、ボツワナ人」という言葉が探し出せない、と言っている。因みに正解は botswanais である。

ティエリー・ブレット　俺の人生は蟻の歩みだ、だから俺は……

車のドアを叩き付ける手の打撃音。

アルバン・ルガル　しょぼたれた女の子たちの足音が、暗い夜の街に響いて、俺は女の子たちに合図する。俺がいるから大丈夫って。俺はここだよって。見てみろよ、あいつら。俺は微笑んでやる、大丈夫って……

ティエリー・ブレット　俺の女房はベッドで寝てる。女房は日に日に、ベッドが広過ぎると感じてる。

アルバン・ルガル　であの子たち、時々合図を返すんだ。それで俺は思う。よし、大丈夫、今夜は大丈夫だ、って。そして俺は懐中電燈で、あの子たちの足許を照らしてやる。

ティエリー・ブレット　俺はこの町のネオンは全部知ってる。郊外のネオンも知ってる。俺は店の看板を読まずにいたことがない。全部覚えちまった。人工の灯りは、俺の目をダメにした。視神経までダメにした。俺は女房のことを思う、子供を作ってやれなかった女房のことを。

アルバン・ルガル　俺はあの子たちに口笛を吹いて、お世辞のひとつも言ってやりたくなる。でも俺は真面目なんだ、パトロール中なんだ、仕事中なんだ。カワイコちゃんたち、俺は熱くなってちゃいけないんだ。

ティエリー・ブレット　俺は、夜は駄目なんだ。長くは持たない。回転灯の青い光、都会の光。

アルバン・ルガル　ニューヨーク警察の車両には、「親切、プロ意識、敬意」[*1]ってモットーが書いてあるらしい。どうして俺らの車には、「救助」の文字がなくなって、単に「警察」としか書いてないいんだろう。

ティエリー・ブレット　もうひとり女の自殺でもあってみろ、首吊りだの薬漬けだので、そしたら俺は、もうやめる。

アルバン・ルガル　警察学校はさ、期間、短か過ぎなんだよ。たったの一年でお巡りになるなんて、どう考えたって……俺はさ、延長したかったな、延長、もっと、ずっとな。とにかく、あの頃はよかったよ。最近はヤニックにも会わなくなっちまってさ。つまんないよな。ヤニック・パルマノってんだ。

ティエリー・ブレット　ガンベッタの近くだった。映画館の裏の通りだ。「満福楼」って中華の惣菜屋があった。女はその隣りに住んでた、すぐ隣りに。入ると建物には、醤油や、カレー粉や、茹でた犬の肉や、そんなものの臭いがしてた。

アルバン・ルガル　仲間ん中で一番面白い奴だった。

ティエリー・ブレット　女は床に寝転んでた。赤と、青と、黄色と、白の、大きな格子柄のカーペットの上だった。ガルニエ社のヘアジェルの「グラフィック・ライン」みたいだった。[*2]俺は相棒に、そのことを言った。「カーペット見たか、お前。変わってるよなこの

＊1　原文英語。Courtesy Professionalism Respect.
＊2　ティエリーは記憶違いをしている。モンドリアン風のパッケージをヘアケア用品に用いていたのは、実際はロレアル社である。

柄、テレビのCMみたいじゃねえか、「グラフィック・ライン」のさ」
アルバン・ルガル　奴はみんなから、ヤニック・パルマレス[*1]って呼ばれてた。悪ふざけのチャンピンだったから。
ティエリー・ブレット　俺はカッサンと、リシャール・カッサンとパトロール中だった。ビアリッツで警官を始めた奴で、パナム〔パリの俗語的異名〕が大嫌いだった。
アルバン・ルガル　それから女の扱いがまた、全く見物だった。パルマノはルンバの天才だったからな。見た目は、でも、楽勝って訳でもなかったんだけどな、パルマノは。
ティエリー・ブレット　女は、家ん中の薬の、ありったけを飲んじまってた。凄い量だった。
アルバン・ルガル　奴のお気に入りは、情報誌「パリ・ブン・ブン」の恋人募集欄だった。奴によると、猛烈にうまく行くらしかった。
ティエリー・ブレット　極め付けに、両方の手首をザックリやっていた、十字に。
アルバン・ルガル　みんなの前で大きな声で読み上げちゃあ面白がってた。
ティエリー・ブレット　カーペットはおじゃんだ、と俺は思った。
アルバン・ルガル　ひとつ傑作な話があったっけ。
ティエリー・ブレット　そんなことを思うもんなんだな。
アルバン・ルガル　その女の文句は、こんな感じだった。とにかくあらゆる点でいい女で、さらになんだかんだで、身長一五二センチで——とそこまで読んで、パルマノが、コメントする。「チビはいいな、チビの女はいい、俺チビにはよええんだ」
ティエリー・ブレット　可愛い顔をしてた。眉毛が濃くて、真っ黒だった。

アルバン・ルガル　ところが一五二センチのあとに、女はわざわざこう書いてた。八三キロ……
ティエリー・ブレット　名前はカルメン・ルロワ。二十七歳。俺は言った。「終りだ」。
アルバン・ルガル　とそこで、パルマノの野郎、抜かしたんだ。「八三キロ？　そりゃだめだ。シャチの面倒は見られねえ！」[*2]
ティエリー・ブレット　俺はカッサンに言った。「終りだ、カッサン」。それが俺の警官としての最後の言葉だった。それ以外は何も言わなかった。「終りだ、カッサン」。俺はそれから思った。人生の節目節目には、もっといい文句を言うべきだと。
アルバン・ルガル　「シャチの面倒は見られねえ！」って、いや大した奴さ、パルマノは。
ティエリー・ブレット　俺は言った。「終りだ、カッサン」。それから女房んとこ帰って、泣いた。衝動だな。
アルバン・ルガル　ミシェル・ルグランもあいつに教わったんだ。
ティエリー・ブレット　「終りだ、カッサン」
アルバン・ルガル　パルマノにな。

＊1　言葉遊び。Palmarès とは「受賞者リスト」「ヒット曲のランキング」の意。本名の「パルマノ」をもじってつけられた綽名。
＊2　原文は «Je ne sauverai pas Willy» で、直訳すると「俺はウィリーは救わない」。アメリカ映画『フリー・ウィリー』（一九九三年）を踏まえた冗談。水族館のシャチ・ウィリーと一人の少年との心の交流を描いた同作は、フランス語タイトルを *Sauvez Willy*（ウィリーを救え）といい、パルマノはこれをもじって「俺には、シャチみたいなデブ女に救いの手は差し伸べられない」と言っている。

ティエリー・ブレット　今日はどこで何してるやら、カッサンの野郎。
アルバン・ルガル　『シェルブールの雨傘』。奴のお気に入りの映画だった。今頃どこで何してるやら、パルマノの奴。
ティエリー・ブレット　夜の十二時越えると、どんな男にも、女はみんな綺麗に見える。
アルバン・ルガル（歌う）
「数日前から私は沈黙の中
私の愛の中に閉じ籠っている……」[*1]
ティエリー・ブレット　夜の十二時越えると、女はみんな自分のことを、最も醜い女、最も孤独な女、最も不幸な女だと思うんだ。そして死にたいと思う。外に出れば、どんな男からも慰めてもらえるっていうのに。
アルバン・ルガル（歌う）
「あなたが行ってしまってから、不在のあなたの影は
夜毎私を追いかけ、日毎私から遠ざかる……」

5　大波が打ち寄せる

居間。
ベルナール・フォーシェがパンツ一丁で舞台中央のテレビの前。着替えを始める。

ティエリー・ブレットはフォーシェの話を聞くともなし聞いている。ビールを飲んでいる。
アルバン・ルガルは二人を見ている。

ベルナール・フォーシェ　男がその登録情報を見付けたのは、毎日閲覧している無料サイトでありました。「当方、レユニオン島〔マダガスカル島の東に位置するフランスの海外県〕出身の混血女性。四十二歳。バツイチ（子供一人）。おとなしく、気配りあり、聞き上手。好きなこと、他人の役に立つこと、率先して行動すること。苦手な人、嘘をつく人、人種差別的な人、モラルの乱れた人。（趣味、ダンス、ショッピング、パソコン、映画、音楽、旅行、友人同士のパーティ）。紺碧の空の下、バッタリ出会った私を天使の瞳で見つめてくれる方求む。三十七歳から六十五歳までの健全な男性と、素敵な関係を築き、もし意気投合出来ればさらに進んだお付き合いを希望。あなたの心をどうか信じて。その奥には素晴らしいものがあるわ。素直に感じて。そしてゆっくり、私に教えて」。いい、とてもいい。混血女性。率先して行動。ダンス。パーティ。男はメッセージを出しました。「ベルナール・フォーシェ（ハンドルネーム、クリント・イーストウッド）、元警官。健全な男子。バツイチ。六十五歳。しかしそうはとても見えない。スポーツマン、かなりの。紺碧の空を愛し、素敵な関係を求む。権威に逆らうことなく、ブーダンに目

＊1　映画『シェルブールの雨傘』（一九六三年、監督ジャック・ドゥミ、音楽ミシェル・ルグラン）で最も有名な曲の冒頭部分。次のアルバンの鼻唄も、同じ曲の一節。

がない。白ブーダンでも黒ブーダンでも、どちらでも。異種混合を熱愛す。*1シナモン九七四さん、あなたに熱烈なる関心を抱いています」。二人は何度かメッセージのやりとりをした。チャットで二、三時間の会話もした。いいフィーリング。デートの約束。そして出会った。クリント・イーストウッドはビールを注文し、シナモン九七四はアメリカン・コーヒーを頼んだ。ベルナールとグラディスだ。ベルナールは、前の妻と、二人の子供と、三人の孫の話をした。俺がそんな会うこともないんだけどな、ちょっと険悪だから。それにあいつらは今ボルドーに住んでて、遠いしな。でベルナールはボツワナと、ガゼルの話をした。素敵な関係を探してるって話をした。青空と紺碧と天使の話をした。内面のな。そうそう、俺カトリックだから。熱心じゃないが。グラディスはアパートまでついて来た。で、やった。ケツをひっぱたきながら。以降、音沙汰無し。はっきり言ってどうでもいいんだ。

ティエリー・ブレット　悲惨だな、お前が女どもにやってることってのは。あ、ベルナール。

ベルナール・フォーシェ　ほっといてくれるか。

ティエリー・ブレット　気になるんだよ。

ベルナール・フォーシェ　何がだ？

ティエリー・ブレット　音がさ。

アルバン・ルガル　匂いもな！

アルバン・ルガル笑い出す。

ベルナール・フォーシェ　俺は生涯の伴侶を求めてるんだ。君たちの買って来る惣菜なんかで、人生を終える俺ではないんだよ、諸君。俺は探し求めてるんだ。で時に女たちが優しさではなく、手荒な真似を望むことがあったからって、それは俺のせいじゃない。
ティエリー・ブレット　俺、バベットと話した……
アルバン・ルガル　また電話したの？
ティエリー・ブレット　ああ。アンヌ＝リーズは元気だとよ。ピカピカしてて、成長がはやくて、光り輝いてるんだと。一週間でもうアンヨがほとんど出来そうだってさ。でそりゃつまりな、アンヌ＝リーズは逃げ出そうとしてんだ。全部分かってるんだよ、あのガキには。歩き出すと同時に、家出しちまうぞ、きっと。
ベルナール・フォーシェ　何で俺を見てる、アルバン？
アルバン・ルガル　見てねえよ。
ベルナール・フォーシェ　着替え中なんだ、今。
アルバン・ルガル　何もしてねえし、俺。

間。

＊1　Boudin とは、フランスではごく一般的な食品で、腸詰の一種。白と黒がある。ベルナールはしかしこの語を、恐らくエロチックな喩えとして使っている。白ブーダン（白人女性）、黒ブーダン（黒人女性）の両方を好むベルナールは、特に「混合」（即ち、混血女性、あるいは白人と黒人との関係）が好きだ、と匂わせている。

ベルナール・フォーシェ　奴ら言ってきたか？
アルバン・ルガル　何を？
ティエリー・ブレット　お前の処分のことさ、分かってるだろ？
アルバン・ルガル　俺に処分なんてない。誰にも、何にも、処分なんてねえんだよ。心臓発作なんて、誰にだって起こるこったろ。
ベルナール・フォーシェ　絞首台は獲物を逃さない、ってな。
アルバン・ルガル　シグ・ザウエル SP2022[*1]。シグ・ザウエルってさ、マンガのヒーローの名前みたいだよな。九ミリ・パラベラム弾。パラベラムってのも、ヒーローっぽい。で入札の時にさ、このハジキの採用テストがあって、どれだけぶっぱなしたか、あんたら知ってる？　答えは四六万発。警察と、憲兵隊と、税関と全部含めるとね。それから、なんで重さが一キロ切ったか知ってる？　それはね、ポリマーとグラスファイバーで出来てるからさ。耐久年数は二十年。だから二十年経ったら、俺、新しいの貰うんだ。
ティエリー・ブレット　先ずお前、拳銃を返してもらわなきゃならんがな。ビール要る、ベルニー？
ベルナール・フォーシェ　ああ、貰おう。
ティエリー・ブレット　アルバンは？
アルバン・ルガル　38スペシャルのこと考えると、俺、古いものってのは、どんどん早く古くなっちまう気がするんだよな。だって俺、38スペシャルのことなんてとうに忘れちまったけど、弾丸を替えてから、せいぜい三ヵ月なんだからな。奴ら、俺に銃は返してくれるさ、ああ、当然だろ。

ティエリー・ブレット　アルバン、ビールは？

アルバン・ルガル　それから、やっぱオートマチックは、そりゃいいもんさ。六発式から一五発の弾倉二個に変わってみろよ、違いは明らかだろ。俺たちはおふざけでこの仕事やってんじゃないからな。

ティエリー・ブレット　ビールは、って聞いてんだよ！

間。

アルバン・ルガル　何？

ベルナール・フォーシェ　ティエリー……

ティエリー・ブレット　あんたらもう、好きににしろよ。

アルバン・ルガル　俺聞こえなかったんだけど。

ベルナール・フォーシェ　こいつ聞こえなかったんだ。

＊1　シグ・ザウエル（あるいはシグ・ザウワー）SP2022とは、二〇〇二年以来フランス警察・憲兵隊・税関・刑務所で採用されている拳銃。耐用年数が二十年なので、2022（=2002+20）という番号が振られている。

間。
ティエリー・ブレットは冷蔵庫にビールを三つ取りに行く。
そしてアルバン・ルガルとベルナール・フォーシェの前に置く。
三人は目を合わさない。

ティエリー・ブレット　俺も何も聞こえなかったんだ。御指摘、痛み入ります。
ベルナール・フォーシェ　や、すまんね。
アルバン・ルガル　俺、のど渇いてない。
ティエリー・ブレット　いいから飲め。飲むんだよ、ビール。
アルバン・ルガル　何を……
ティエリー・ブレット　ゴタゴタ言うな。
ベルナール・フォーシェ　ティエリー……
ティエリー・ブレット　こいつはこれからビールを飲むんだ。
アルバン・ルガル　俺、のど渇いてねえ！
ティエリー・ブレット　ビール飲むのにのど渇くの待ってるってこたあねえよ。一度でいいから俺の言うこときけ。
アルバン・ルガル　あんたは俺の父親なんかじゃない。
ティエリー・ブレット　お前の父ちゃん死んでんだろ、忘れたのか？　そのビール飲め。

間。

アルバン・ルガルはビールの栓を抜き、ガラス・テーブルの上に中味を注ぐ。その間ティエリー・ブレットを睨《にら》みつけている。

ティエリー・ブレットはアルバンに平手打ちを食らわせる。

ベルナール・フォーシェは身じろぎもしない。

これでどうだ?

アルバン・ルガルは立ち上がる。

ティエリー・ブレットの顔をじっと見据える。

アルバン・ルガル　舐《な》めろや。

アルバン退場。

ベルナール・フォーシェ　怖がってるのが分からんのか?　奴、夜は明け方まで震えてるぞ。何にも言いやしないよ。言いたくないんだ。言えないんだしな。奴の震えてる膝で分かるだろ。

ティエリー・ブレット　あいつがほんとに殺しをしたんだったら、俺たちは知ってなきゃならない。そうだろ。

ベルナール・フォーシェ　奴は誰も殺《や》っちゃいないよ。発砲なんてなかったんだ。誰も何も見た訳じゃない。あるのは、ちょっとした、たるい調査だ。マスコミももう殆ど騒いじゃいない。何をほじくり返そうって言うんだ？　検視の結果じゃあ、男の死因は心臓発作なんだぞ！　そりゃ確かに警察のいい宣伝になった訳じゃないが、だからってあんな詰まらないことでアルバンを追い回すなんてな……物事難しく考えるのは止した方がいい。俺は出掛ける。

間。

ティエリー・ブレット　約束があるんだ？

ベルナール・フォーシェ　不満かな？

ティエリー・ブレット　ここに連れて帰って来るの、女？

ベルナール・フォーシェ　誰も連れてなんて来ないさ！

そしてベルナール、退場。

ティエリー・ブレット　ティエリー・ブレットは、ガラス・テーブル上に広がるビールの水たまりを見つめる。おふくろに電話しなきゃな。灰皿には吸い殻。もう寝てる頃かな。ゴッくてカサカサの手。垢だらけの爪。今年中に死んじゃうかもな。消えたテレビ。オーデコロンのきつい臭い、空っぽの空間に大波。馬鹿だな、元気じゃないか。いつもガミガミ言ってる、だから元気なんだ。人生は、まあまあだ。何事もない。芝居に行くにはいい晩だな。

6 頭に血がのぼる

アルバン・ルグラン[*1]の寝室。
アルバンはベッドに横になっている。
煙草を吸っている。
身を起す。
部屋を数回まわる。
赤い壁。
白い壁。
赤い壁。
畜生、回転灯はどこだ?

＊1 この場でアルバンは、「ルグラン」という名前への憧れを表明する。ト書きはそれを先取りしている。

アルバン・ルガル（歌う）

「泣きじゃくる子供には
出来はしない
時を数えることも
空模様を見ることも……」*1

間。

ミシェル・ルグラン。ああ。ミシェル・ルグラン。ルグラン・ミシェル。ルグラン。いい名前だよな、ほんとに、うっとりしちまうよな、この名前、それにあの歌だしな……俺、ルグランって名前だったらよかったのに。アルバン・ルグラン。ミシェル・ルグラン。ルグラン・アルバン。だって俺、背高いんだしな。*2 ルガル。アルバン・ルガル。ヘボい名前だよな、ルガル、何の意味もない。ところがルグランってのは誰だかすぐ分かる……　口に出して言いたくなるもんな、「ルグランさーん、ミシェル・ルグランさーん」。ルガル。ミシェル・ルガル。ルガル・ミシェル。ルガル。ミシェル・ルガル。これも意外と、いいな。つまりミシェルってのは、どんな姓にも合う名前なんだな。

アルバン、灰皿で煙草をもみ消す。

新たに一本、煙草に火をつける。
指を二本使って、ドアの方に射撃する真似をする。
間。
紫煙をくゆらせる。
そして歌う。

「俺の車は死んだんだ
恋の苦痛で
そして俺は扉の向う側
今も君を待っている……」

＊1　ミシェル・ルグラン作曲の歌「泣きじゃくる子供」*Les enfants qui pleurent* の冒頭部分。フランスではクロード・ヌガロの持ち歌として知られる。次のアルバンの鼻唄（「俺の車は……」）も、同じ曲の一節。
＊2　フランス語のルグランという名前には、「大きい」grand という形容詞が含まれている（つまり「大木さん」、「大谷さん」というニュアンス）。アルバンは、自分の体は大きいのだから、「ルグラン」と名乗ってもおかしくない、と言っている。

7　芝居に行く*1

劇場。

低くざわめき。観客たちが席についている。

ティエリー・ブレットは既に着席している。大き過ぎるポケットのついた革の上着姿。

ティエリー・ブレット　俺もナビを使うようになった。みんなと同じに。オプションで、ヨーロッパ広域情報もつけたし、ネズミ取りお知らせや、パーキング・エリア表示も足した。けれど、バベットに捨てられて、俺は持ってた日産の車を売りとばしちまった。署に来たばかりの、ブルターニュ出身の男だった。けど俺はナビだけはとっておいた。以来、いつも持ってる。女房が俺を捨てたから、俺はナビを捨てなかった。被害を食い止めたって訳だ。俺は三十九になって、本当に愛したただ一人の女に捨てられた。あんまり愛し過ぎていて、俺という存在の核心は、まるで腐った果物の芯に、害虫に食われちまった果物の芯になったみたいだった。例えば木の下で拾った、落ちたサクランボみたいな。食べる前に、用心のためサクランボの中を開いてみる。で食べたりなんかしない。何故って、開けてしまったサクランボは、ウジムシで一杯だから。俺は三十九になって、初めて劇場ってものに足を踏み入れた。おふくろは行ったことがない。いくら行けって言っても駄目で、おふくろは行かないんだ。とにかく俺は、こんな風にした。先ず、雑

間。

誌の「劇場案内」を買う。そして面白そうなタイトルを探す。全てはタイトルで分かる。例えば、『三人姉妹』。面白そう。『アンチゴーヌ』、『オンディーヌ』、『アンドロマック』、『メデイア』、『イフィジェニー』。面白そう、面白そうだ。女の出る芝居だ。『椿姫』、『女学者』、『令嬢ジュリー』。つまりこういうのは、スケの話ってことだ。前もって女優が出るのが分かってる。で俺が芝居で何が好きかって、そりゃつまり、女優なんだな。『シラノ』、『オセロ』、『ブリタニキュス』、『ワーニャ伯父さん』、『町人貴族』。こんなのは全然駄目だ。『ロミオとジュリエット』。こいつは、悩む。とにかく、全てはタイトルにあるんだ！ それからナビだ。お前はナビに劇場の名前を打ち込む。するとそこへどうやって行ったらいいか分かる。スルッと行ける。迷ったりすることがない。お前は女房に捨てられた。お前は仕事を辞めた。仕事はお前を駄目にする気がしたからだ。お前は気が変になっちまうと思ったからだ。そして今お前は、毎日母親に電話せずにいられない。元気にしてるか、お前を愛しているか、聞かずにいられない。そして毎日、友達かどうかも分からない二人の野郎と過ごしてる。だから、そうお前には、最低、ナビは必要なんだ。

＊1　原文は「三度の打撃音」。舞台の床板を三度鳴らして、芝居の開演を告げる合図のこと。

大丈夫ですよ。いえ、ほんとに、大したことないですから。劇場では、客が座席に着く時、足を踏まれる。劇場では、そんなのは気にならない。俺は女優に集中する。俺は思うんだ、主役の女優は、今日はどんな色の服だろうか、しょっちゅう立ったり座ったりするだろうか、そして今夜は脱いだりしないだろうか、胸も引き裂かれるよな場面で。そんなシーンでは、彼女の裸体も許されるんだ。俺は最近発見した。裸なんてものが許されるのは、劇場しかないんだ。パンツが見えることがある。二本の太腿を閉じるのが一瞬遅れた、ほんの刹那《せつな》に、見えることがある。女優は忘れてるんだ。入り込んでて、泣いたり、笑ったり、台詞を言いながら自分以外の誰かになりきってるんだ。役に入り込んで、役に吸い込まれてるから、足は開いたままになり、女優は裸になってる、お前の目の前で。あれは美しい。忘れちまった裸ってもんは。すぐそこに、ほら今誰かが落とした手袋のかたっぽみたいにして、で、それはもしかしたらわざとなのかもしれないけど、とにかくそこへ、ほかの誰かが通りがかって、落ちてるものを拾う。それが俺だ。ほかの奴らは俺に、ストリップ小屋だのネットだのに行ってみろなんて言うが、何にも分かっちゃいない。奴らには分かりっこない。こんなに人が裸でいられる場所なんて、ほかにどこにある。しかも芝居のいいとこは、こっそりお前が女優のパンツを見る瞬間、お前の目の前では同時に、二人の女が体を開いてるってことだ。椿姫とイザベル・アジャーニの二人ともが。でもこれは、あんまりいい例じゃないかもしれないな。何しろあの芝居だと、彼女はずうっと咳き込んでて、エスキモーが氷の家でも作りに行くみたいに服を着込んでるからな。

間。

ホントのとこ言うと、俺はもう、女の体にはさわれない。

携帯電話をお切り下さい、のアナウンス。

8　水の泡と消える

アパート。
居間。
ソファ。
ベルナール・フォーシェとアルバン・ルガルが海戦ゲーム[*1]をしている。

ベルナール・フォーシェ　「安全のため、車を脇に寄せて下さいますか」。Bの7。

*1　二人で遊ぶゲーム。プレイヤーは各自、10×10のマス目に戦艦や航空母艦を並べ、敵の船団の位置を予想して攻撃。先に全て撃沈した方が勝ち。日本では「レーダー作戦ゲーム」の名前で良く知られる。

アルバン・ルガル　エーッ、また当たり、どうなってんだよほんとに。で、その「安全のため、車を脇に寄せて下さいますか」って文句、どこが曖昧だっての。男は携帯使ってて、高速の料金所にいるんだろ、そしたら当り前のことじゃん、道路脇に誘導して停車させるの。違反の切符切るもん。Eの4。

ベルナール・フォーシェ　ドッボーン、はずれ！　アルバン、話は料金所の検問だ。お前は料金所で公務中だ、男は停車してる。停車してるんだ。ただ、携帯を手に持ってる。どういう理由かは問わない。Bの6。

アルバン・ルガル　はずれ！　だって高速だろ、料金所っつったって、高速なんだろ場所は。危険じゃねえの。Cの2。

ベルナール・フォーシェ　そりゃもちろん、危険だってことはそいつに言うさ。Cの2か、すまんね、やっぱりはずれだ。料金所に来ると、みんな気持ちは緩《ゆる》む。そりゃお前も知ってる通りだ。二人に一人は料金所で、携帯を見始めるからな。パーキング・エリアにでもいる気になるんだな。Cの7。

アルバン・ルガル　当たり。

ベルナール・フォーシェ　Dの7！

アルバン・ルガル　俺の番だろ！

ベルナール・フォーシェ　すまん。

アルバン・ルガル　「安全のため、車を脇に寄せて下さいますか」。俺、全然分かんないよ、この文句のどこに曖昧なとこがあるのか。意味が曖昧で、ドギマギさせる文句を考えるってことだったよな。

ベルナール・フォーシェ　ああ。で、その言葉はな、もう何度も、何度も何度も試してあるんだ。だから言っとくが、効果は保証済みだ。お前、攻撃しないのか？

アルバン・ルガル　ああ、考え中。何が効果は保証済みなのさ。説明してくれよ。Fの6。

ベルナール・フォーシェ　はずれだ。Dの7！

アルバン・ルガル　気分いいだろね。当たり。

ベルナール・フォーシェ　お前はドライバーに切符を切るつもりはないんだ、ただ、警告をするつもりなだけなんだ。で、お前はそいつに言う。「安全のため、車を脇に寄せて下さいますか」。男は目を丸くして、そりゃやり過ぎだ、と思う。料金所で携帯のチェックしたからって罰金はないだろう、何しろ停車してるんだし、そりゃない、ひど過ぎる、と思う。で大いに冷汗をかく。だって文句は言えないからな。見付かっちまったんだ、自分が悪い、それは分かってる、運転中に携帯を持ってるところを見られたんだからな、このアホは！「でも停車中じゃないすか、お巡りさん！」「高速道路上ですから。料金所は道路上であって、パーキング・エリアじゃありませんからね。ですから、**安全のため、車を脇に寄せて下さいますか**」。な、分かるか？

アルバン・ルガル　で奴が脇に寄せて停車したら、違反切符切るんだろ。

ベルナール・フォーシェ　お前それ、わざとか？

アルバン・ルガル　何が？

ベルナール・フォーシェ　料金所でメール確かめてるだけで切符切ったりはしないだろ！　市民

を侮辱でもしたいのか、あ、そんなことで切符って法はないな！
アルバン・ルガル　いや、俺なら取り締まる、もちろんやるね。そいつ高速にいるんだろ、ハンドル握ってんだろ、で携帯、手に持ってんだろ。取り締まるな。次、誰の番だっけ？
ベルナール・フォーシェ　俺だな。
アルバン・ルガル　いや、俺だよ。
ベルナール・フォーシェ　じゃ、やれよ。
アルバン・ルガル　取り締まりもしないのに、なんでそいつを脇に誘導しようっての、それが分かんねえよ。
ベルナール・フォーシェ　俺はそいつを誘導なんかしやしないんだ、どこにも！　そいつはそのまま行っちまうんだよ、全くもって。料金所のおばさんに金払ったら、そのままそいつは行っちまうんだ！　よし分かった。お前、ドライバー役やれ。訓練学校の時みたいに、シミュレーションだ。俺が警官やるから。「こんにちは、すいません、今あなた高速道路にいらっしゃって、お車を運転中ですよね。で運転中に携帯使ってらっしゃるでしょ、ですので、**安全のため、車を脇に寄せて下さいますか**」
アルバン・ルガル　「え、脇に寄せろって、切符切るんですか？　お巡りさん、この程度のことでですか？　だって俺、停車中だったでしょ！　メール読んでただけですよ、停車中に！」
ベルナール・フォーシェ　「今いらっしゃるのは高速の料金所で、パーキング・エリアじゃありませんよね」

アルバン・ルガル　「そりゃそうですけど」
ベルナール・フォーシェ　「ですので、安全のため、車を脇に寄せて下さいますか」
アルバン・ルガル　「分かりました」

間。

ベルナール・フォーシェ　「何してらっしゃるんですか？」
アルバン・ルガル　「脇に停めようとしてるんですけど」
ベルナール・フォーシェ　「私、フランス語話してますよね？」
アルバン・ルガル　「ええ」
ベルナール・フォーシェ　「あなた、フランス語分かります？」
アルバン・ルガル　「はい」
ベルナール・フォーシェ　「あなた、本当に、フランス語分かってらっしゃいます？」
アルバン・ルガル　「はい」
ベルナール・フォーシェ　「だから、今度から、電話をする必要があるときは、安全のため、車を脇に寄せて下さいますか」
アルバン・ルガル　「今度から？」
ベルナール・フォーシェ　「どうぞ、お通り下さい」

間。

アルバン・ルガル　分かったわ。

ベルナール・フォーシェ　な。

アルバン・ルガル　「あなたフランス語話せます？」って、強烈だったな。

ベルナール・フォーシェ　命令の文句というのは、よく訳が分からんほどいいんだ。尋問されてる奴はお前の曖昧な言い方に戸惑う。そしてそれをお前に気付かれまいとする。お前の気分を害して、イライラさせちゃあマズイと思うからな。でそいつは震える仔羊みたいになっちまって、自分で自分がイヤになる、とこういう訳だ。覚えとくんだな。

アルバン・ルガル　でも、俺思うけどさ、その携帯持ってる奴は、取り締まるべきじゃないのかな。そいつの我慢の無さを取り締まる。だって取り締まるべきだろ、そんなすぐビビる奴。だって妙だろ、そいつ妙な奴だよ、も、最初から妙な奴だったんだよ。だからさ、そんなごちゃごちゃ考えるこたあないんだよ、犯罪者にどう近付くか、なんてことについてね。

ベルナール・フォーシェ　犯罪者って？

アルバン・ルガル　あんた人生でさ、沢山出会ったことある、無実の人間に？

間。

ベルナール・フォーシェ　お前の番だ。
アルバン・ルガル　Aの1。

間。

ベルナール・フォーシェ　当たり。

アルバン・ルガル微笑む。

9　手際良く済ます

街路。
店の看板いくつか。
帰宅途中のティエリー・ブレット、徒歩、手にはナビ。

ティエリー・ブレット　俺たちはこの地上で、互いが互いの周りをまわってる、まるで牛の目玉の周りの蝿みたいに。蝿は探してる、口を吸い付けやすい、湿り過ぎてない場所を。俺たちは、ある場所から別の場所へ、前進してると思ってる。そう思って、俺たちは進む。

間。

時には、すれ違う友人に、こう言いたくなる。「進んでるぞ」って。夜、街。男たち、女たち。お前のナビには人間は登録されてない。奴らは画面には表れない。俺がすべきだったのは——いや、「すべきだった」なんて言葉は止した方がいい。「すべきだった」なんて考え始めるのも、「すべきだった」なんて結論するのも、もう止めだ。俺にすべきだったことなど何もない。何もすべきだったことなんてない。俺がすべきだったことなんて、これっぽっちだってない。だから俺は、すべきじゃなかったんだ。愛しているのはあいつだけだって言わずに済ましちまうなんてことは。俺は、すべきじゃなかった。あいつが夜俺を迎えてくれた時、俺を迎えてくれる誰かが必要だった夜、夜という夜、あの全ての夜に、あいつの腕の力を疑うなんて。俺は、すべきじゃなかった。「お前は俺の支えだ、可哀想にな、辛いだろうな」って、あいつにとうとう言わずにおくなんて。

オカマの奴ら、もう誰も立ってないな。いっとき俺は、オカマと遊んでた。どうだっていいと思ってた。仲間と一緒の時は、オカマは笑い者にしてた。俺が望んでるもの、俺が自分の周りをまわって、ウロウロして、俺が望んでるもの、それは背が高くて顔が綺麗で情の深いオカマだ。手際のいい、ちょっとしたナニだ。だってオカマには、時々、俺は体をさわらせるから。

10　一目惚れする

近所のバー「クリ・クリ」の店内。
数名の客。
ラジオの音、小さく。
ピンボールの音。
ベルナール・フォーシェがテーブルについている。

ベルナール・フォーシェ　男は、りゅうとした身なり。コーヒーを注文したところ。待ち合わせの相手の名は、アナイス・ビシック。「クリ・クリに十四時ね、ベージュのスーツに、ネクタイは青にするから。スーツ。え、スーツって何か知らない？　上着とズボンのこと。チョッキを中に着てもいいんだけど、俺は着ないね。「スーツ」、ってね、アナイスさん、フランス語、ね。ほかにももっと知ってるよ。教えたげてもいい。あ、知りたい？　喜んで、アナイス。そう、クリ・クリね、そうそう、言葉はふたつ、最初の「クリ」と次の「クリ」の間にポチがある。じゃ「ネクタイ」は？　ネクタイって何か分かる？　あ、知ってる。オッケー。青にしますから。単色の。絹のね。絹、お好きでしょ。いつかの夜のメールで、書いてたでしょ、絹が好きだって」。アナイス。十四時、うん、それでいい。コーヒーだからな。「クリ・クリ」で。ポロの奴の出すエスプレッソは、そりゃ中々のもんだし。イタリアとまでは行かないが。しかし……間。

よくあることだが、いや、いつものことだが、男は先に到着する。女もじきに現れるはずだ。男は女の存在を感じている、女が準備出来てるのが分かる、自分も準備は出来てる、女と仲良くやるんだ。アナイス・ビシック、カメルーンの女。本当はハイチの女が良かった。何でハイチの女がいいのかは自分でも良く分からない。が、ま、いいだろう。カメルーン、結構じゃないか。カメルーン人も俺達フランス人を必要としてるんだ。間違いない、今日という日、ベルナール・フォーシェの人生は一変するんだ。そんな気がする。気分もいい。お気に入りのスーツを着て、お気に入りのネクタイを締めて、お気に入りの香水をつけてる。カルダモンのオーデコロンだ。男は「クリ・クリ」の壁にかけてあるレコード・ジャケットに目をやる。ディーン・マーティン、ダリダ、サルドゥー、エルヴィス、クロード・フランソワ、ジョニーとシルヴィ、ストーヌとシャルデン。*1それからピンボール、「アマゾン・ハント III」。ポロが話しかけて来ようとしてる。でもベルニーは集中しきってる。今度な、ポロ、また今度話してやるから。そして、彼女が現れる。アナイス・ビシックだ。

ベルナール・フォーシェは立ち上がり、「クリ・クリ」の店内を踊り始める。スローなダンスを、ただひとり。

女はベルナールに気付く。そのスーツ、そのネクタイに、気付く。「こんにちは、ベルニーでしょ?」「ええ、そうです。アナイスさんですよね」「ええ」「アナイス、ああ、アナイス、いや、素晴らしいな、どうぞ、座って下さい、その長椅子の方に、長椅子、それ、ええそれが長椅子、長椅子が何だか知ってるでしょ。素晴らしいな、あなたは」「ありがとう」。女は男の正面に腰を下ろす。とポロが二人を観察しだす。ベルニーには分かってる、ポロは二人を観察していて、パーコレーターでコーヒーをいれる振りをしているだけだ。「黒人女というものは本当に美しい。背が高くて、堂々としてて、実にそそる。最高だ、で、畜生、この女がまた最高だ」、とベルナール・フォーシェはひとりごちて、アナイスにペリエを注文してやる。ポロの奴は嬉々としてテーブルに近付く。このスケベ野郎が考えてることは、ベルナールと同じだ。近付きながら奴は思ってる。「いい女だな、このベルナールの新しい黒人のスケは」。ポロの奴は嫉妬している。これくらいの美人をものにしたいと思ってる。だがポロは実は黒人女がそう好みではない。前にベルナールに打ち明けたことがある。「俺さ、どうしてだか、なんかこう警戒

＊1 ディーン・マーティンとエルヴィス（・プレスリー）以外は、フレンチ・ポップス歌手。全員やや古めだが（故人もいる）、依然フランスでの知名度は高い。ジョニー（・アリデー）とシルヴィ（・ヴァルタン）は一時結婚していたこともあるビッグ・スター。ストーヌとシャルデンとは、七〇年代に売れたデュオ。

しちゃうんだよね」。アナイス・ビシックは三十前後。二人の子持ちだ。よろしい。それは考えよう。ガキについてはまた考えるとしよう。カメルーンの女というのは、みんな美人だ。それに礼儀もきちんとしてる。ただこの髪型だが、もう少し仲良くなったら、話してみるか。全然似合ってないな、この髪型。だが礼儀は、文句のつけようがない。それにしても、アフリカの女たちにも色々あるな。あいつらは普通もっとニコニコしてるもんだが。生きる歓び、それが一番大事だからな。そして喋る、自由に喋る、ああでもないこうでもない、何でも喋るんだ。色んなことをあいつらに教えてやる。あいつらは嫌がらない。もっともっと知りたがる。そしてベルナール・フォーシェの願うところはただひとつ、この女の教育だ。ああ畜生、最高だ！　最高の出会いだ。一目惚れだ！　ベルナールはコーヒーをもうひとつ注文する。女はペリエをそっと飲んでいる。おずおずと飲んでいる。「俺はこいつとやる」とベルナールは考える。「こいつとやる、そしてこいつと結婚する。結婚して、こいつとやる。こいつとやる」

ベルナール座る。
コーヒーを飲む。
鏡で自分の姿を点検する。
ネクタイを直す。

実のところ、恐いくらいだ。この俺の、黒人への感情、黒人への欲求、黒人への熱愛。

自分でも驚くほどだ。どこか無人島で黒人女と愛の日々を送り、何時間でも抱いていたいという、この考えは一体何なんだ。ベルナールは、アナイスの腕の血管と白い掌を見る。まるで、ひとつの謎だ。アナイスは言う。彼女は仕事を探している。恋愛を求めている。フランスには十一月から滞在している。もう国には帰りたくない。彼女は覚悟を決めてる、とベルナールは感じる。彼女に失うものは何もない。ベルナールと同じに。

11 一瞥をくれる

居間。
ティエリー・ブレットとアルバン・ルガルがソファでビールを飲んでいる。
ティエリー・ブレットは新聞を読んでいる。
アルバン・ルガルはティエリー・ブレットを観察しつつ、神経質に煙草を吸う。

ティエリー・ブレット　どうした？
アルバン・ルガル　別に。
ティエリー・ブレット　俺を見てるだろ。
アルバン・ルガル　俺が？
ティエリー・ブレット　見てるだろ。

アルバン・ルガル　全然。
ティエリー・ブレット　そうか。

間。
ティエリー・ブレットは新聞に目を戻す。

ティエリー・ブレット　アルバン……
アルバン・ルガル　何だよ？
ティエリー・ブレット　助けが要るのか？
アルバン・ルガル　助けって何のさ？
ティエリー・ブレット　そりゃ、俺じゃなくて、お前が俺に言うことだ。そんな風にしつこく俺を見てるのは、お前が何かを待ってるってことだ。
アルバン・ルガル　見てねえよ。
ティエリー・ブレット　俺は新聞を読んで、ビールを飲んでる。お前はさっきから、ほかにやることがないって風に、俺をじっと見てる。
アルバン・ルガル　でたらめだ。
ティエリー・ブレット　感じるんだ、分かるんだよ、誰だって分かるだろうさ。お前は俺を見てる。じいっと、まるで獲物を見付けた犬みたいにな。
アルバン・ルガル　俺が？

ティエリー・ブレット　ほかに誰がいる？

ベルナール・フォーシェ登場。

ベルナール・フォーシェ　やあ、みんな。
ティエリー・ブレット　やあ、ベルニー。
アルバン・ルガル　よお。
ベルナール・フォーシェ　ビール、まだあるかな？
アルバン・ルガル　ビールだきゃいつだってあるよ。まるで、冷蔵庫の中で湧き出てるみたいだ。
ベルナール・フォーシェ　二人で何してる？
アルバン・ルガル　何も。
ティエリー・ブレット　俺は新聞読んでる。でアルバンはそれを見てる。
アルバン・ルガル　いい加減にしろよ！　見てないってば！　俺はビール飲んで、頭ん中空っぽにしてんだ。
ベルナール・フォーシェ　さあさあ、三人でビール飲もう、仲良くな。今日はいい日だ、素敵な日だ、素晴らしい日だ。さ、飲もう。

三人の男はソファに落ち着く。手にはビール。
ティエリー・ブレットは新聞を読んでいる。

アルバン・ルガルは、ビールを飲むベルナール・フォーシェを見つめだす。

ベルナール・フォーシェ　アルバン。

アルバン・ルガル　何？

ベルナール・フォーシェ　どうして欲しいんだ？

アルバン・ルガル　何も。え、なんで？

ベルナール・フォーシェ　俺を見てるだろ？

アルバン・ルガル　見てる？

ティエリー・ブレット　あー！

ベルナール・フォーシェ　俺はビールを飲んでる。そしてお前は俺を見てる。

ティエリー・ブレット　ほらな。

ベルナール・フォーシェ　ああ、お前は俺を見てる。俺はお前の隣りに座った。するとお前は俺を見始めた。

ティエリー・ブレット　さっきは俺を見てただろ。新聞読んでビール飲んでる俺を、お前はじっと見てた。今度はベルニーの番だ。だって、俺に気付かれちまったからな。

ベルナール・フォーシェ　俺も気付いた。誰だって気付くだろうさ。盲人だってな。

ティエリー・ブレット　最高に間抜けな盲人だってな……

アルバン・ルガル　俺があんたたちを見てたのは、シミがついてるからさ。

間。

ベルナール・フォーシェ　シミ？
ティエリー・ブレット　どのシミだ？
ベルナール・フォーシェ　シミって何のことだ？
アルバン・ルガル　ティエリー、あんたはティーシャツの、そこんとこにシミがある。ベルナールは、ワイシャツの衿んとこだ、そう、そこ。そんだけのことさ。俺、シミを見てたんだ。

間。

ティエリー・ブレットとベルナール・フォーシェは顔を見合わす。呆れている。

ティエリー・ブレット　俺たちの服にシミがあるのが、お前に何だってんだ？
アルバン・ルガル　気になるんだよ。
ベルナール・フォーシェ　気になるのか。
アルバン・ルガル　たまんないんだよ、そのあんたたちのシミが。明るい布地にクッキリ黒いシミが浮かび上がってるんだ。何キロ先からだって見える。たまんないんだ、不潔なんだよ。
ティエリー・ブレット　俺、部屋で本でも読んでくるわ。
ベルナール・フォーシェ　さっきまで俺は、恋をしたぞって、言おうと思ってたんだ。こう言おうと思ってた。「やあみんな、俺は実に幸せだ」ってな。でもやめるよ、俺も部屋に戻る。ティエリー、おやすみ。アルバン、な、お兄さんよ、お大事にな。

アルバン・ルガル　クソ食らえだ、ベルニー。あんたもだティエリー、クソ食らえ。二人とも、クソでも食ってろ。あんたたちには分からないんだ。あんたたちはいい警官にゃなれなかった。なりたかったが、なれなかった。あんたたちはコースから外れちまったんだ。脱落したんだ。二匹の負け犬だね。ビールで溺れて死んじまいなよ。俺は違う。最低でも巡査部長にはなる。いつかみんな俺にヘイコラすんだ。あんたらもだ。その頃まだ生きてりゃの話だけどな。俺にはあんたたちの油のシミがたまらない。俺は、あんたたちに横から見られてるのがたまらない。俺が最悪の罪でも犯したってのか、俺があんたたちの母親の悪口でも言ったってのかよ。

ティエリー・ブレット　このバカ、今度は俺たちがお前を見てるってかよ？

ベルナール・フォーシェ　張り倒されたくなきゃ、取り消すんだなその言葉は、アルバン・ルガル君。

アルバン・ルガル　うるせえ。

ティエリー・ブレットはアルバン・ルガルを床に倒し、動けなくする。

ティエリー・ブレット　ほらな、俺にもまだまだ余力があるんだよ、このバカ。

アルバン・ルガル　痛えよ！

ベルナール・フォーシェ退場。
間。

痛え。

ティエリー・ブレット　あやまれ！
アルバン・ルガル　いやだ。
ティエリー・ブレット　あやまれ！
アルバン・ルガル　知るか！

ティエリー・ブレットはアルバン・ルガルの腹に足蹴りをくれる。

ティエリー・ブレット　あやまれ！
アルバン・ルガル　死んじまえ！

足蹴り。

ティエリー・ブレット　あやまれ！
アルバン・ルガル　すいません。

ティエリー・ブレット　もう一度！
アルバン・ルガル　すいません！
ティエリー・ブレット　もう一度！
アルバン・ルガル　すいません。

ティエリー・ブレット起き上がる。
アルバン・ルガルは床に倒れたまま、涙をこらえている。

ティエリー・ブレット　俺にこんな、身柄の拘束みたいなマネをさせたのは、お前なんだからな。俺たちは同じ屋根の下に住んで、お互いがお互いを監視してるんだ。そしてもし誰かが間違いをしでかしたら、残りの奴は勇気と友情をもって、そいつにそのことを思い知らせてやらなきゃならない。規律だよ、アルバン。でもお前の好きな言葉だろ、この「規律」ってのは。俺たちのこのアパートはな、一種の学校だ、修道院だ。ここは俺たちの兵舎なんだよ。
アルバン・ルガル　ティエリー、俺はただ……
ティエリー・ブレット　起き上がるんじゃない。俺が禁じる。お前のためを思って、禁じる。お前に善《よ》かれと思ってるんだ。俺には、お前に言わなきゃならない大事なことがいくつもある。一体どんな絆で俺たちが結ばれてるか、考えたことあるか……
アルバン・ルガル　ティエリー……

ティエリー・ブレット　俺たちは、この俺たちの場所で、規律を重んじてる。ここは閉じられた、単調な場所だ。だが閉じられてるってことはいいことなんだ、単調だってことはいいことなんだ。このアパートは、まるで警戒網を張ったみたいにきっちり区分がなされてる。お前にはお前の寝室があり、ベルニーにはベルニーの、俺には俺の寝室がある。雑魚寝の大部屋とは違う。独身男用の、機能的な寝室だ、文句のつけようもない。俺たちは互いを良く知っている、だから俺たちは互いを押さえることが出来る。さっき俺がお前を押さえつけたようにな。明日は、お前が俺を押さえてくれるかもしれない。そん時はそうしてくれ。今日は、俺の方がお前より強かった。それは、俺の腕と俺の目が、お前に分からせたはずだ。俺はお前をたしなめてやった、いとも寛大にな。分かるだろ、俺はわざわざお前の今の状態を説明してやってるんだぞ。これが俺たちの友情だ、ゼラニウムがバルコニーと結んだ友情みたいなもんだ。お前は俺のパンにバターを塗る。お前は俺らみんなのために買物をする。俺はお前に酒を出す。でも、俺がお前にバターを塗ってやって、お前のトイレットペーパーを買ってやって、しかも冷蔵庫のビールを取って来てやってもいいんだ。俺がお前の寝室に寝て、お前が時々連れて来る安香水のバイタどもを抱いたっていいんだ。そんなことで何も変わりはしない。何故なら、俺らはどうだっていい人間だからだ。俺たちが取り決めたこの空間、俺たちそのものみたいになったこの場所にいて、俺たちの値打ちなんてものは、俺たちの階級にしかない。でお前の階級はな、俺と同じなんだ。俺の方が年功は上だ。だが今時、年功なんてものは……な、アルバン。これが俺たちだ。孤独な野郎どもの、似たような惨めな暮らしだ。でも、世の中みんなそんなもんなんだ。世の中そうなんだ、小僧さんよ。今後お前が、小便して、女抱いて、笑って、孤独を感じて、つまりお前の生きてく世の中だ、分かるか？　それはな、デッカイ豚箱なんだ、鉄格子が金色のな。お前の夢見てる名誉ある場所、お前のクソみてえな場所、お前の階級。それって何だ？　教えてくれるか？

再びベルナール・フォーシェ登場。手に酒の入ったグラスをふたつ。
二人のそばに来て、無言のまま。

アルバン・ルガル　ベルニー、こいつに言ってくれよ、こいつに……

ティエリー・ブレット　お前は、宇宙の中の蠅のクソだ。でお前の宇宙ってのは、壁に掛かったヘボい絵だ。老人ホームなみの臭さだ。お前は見た目は若い。だがほんとはクソジジイだ。自分を見てみろ。俺たちを見てみろ。俺たちは壁の上の黒いシミなんだ。規律だよ、アルバン、規律だけが俺たちをこのみすぼらしさから救ってくれるんだ。お前はお前の心を太鼓にしちまわなきゃならん。そして太鼓の音に従うんだ。まっすぐ行進が出来るよう、ガキどもを鍛錬してやるだろ。あのガキどもを見習え。鍛錬によって奴らは、胸を張り、肩幅広く、腕を伸ばし、拳を固め、腹を引き締め、太い腿で、まっすぐ歩けるようになる。見習うんだ。だって、この世界の男という男は、お前の姿の反映なんだぞ。お前の、あるいは、俺の、反映なんだぞ。俺たちは確かに、壁の上のヘボい絵に溜まった、虫のフンだ。けれど俺たちは憧れてる。俊敏で力に満ちた、自分の姿に憧れてるんだ。世界の全ての男たちは子供のように、肉体を矯正する訓練の時間を待っているんだ。従順な肉体のためのな。[*1]

ティエリー・ブレットは再びアルバン・ルガルに一撃を食らわせる。アルバンぐったりする。

ベルナール・フォーシェ　こいつはな、誰もがありがたく受け取って来たもんなんだ、安心して食らえ、このアホ。「刑罰は緩《ゆる》やかにして、罪の重さに見合ったものでなければならない。今後死刑は罪深き殺人犯にのみ授けるものでなければならない。そして人道にもとる刑罰は廃止されねばならない」。これが革命下の法の正義だ。『陳情書』に書いてある。[*2]「死刑が、授けられる」。面白いだろ、[*3]諸君。俺は恋に落ちた今日という日、やっと分かったよ。死刑とは授けられるものなんだ。何かの免状みたいにな。さあ、俺は、お前たちに死刑を授けよう。おめでとう。特記事項に何て書いてやろうか？「涎も垂らさず

＊1　規律と訓練が従順な兵士の身体を造り上げるというこの部分について、メルキオはフーコーを参照している（『監獄の誕生』、田村俶訳、新潮社、一九七七年、一四一頁）。

＊2　一七八九年三部会招集の際、各身分・地域からの要求をまとめ起草された『陳情書』のこと。笞打ち、車裂き、晒し首といった残酷な体刑・拷問に対して、十八世紀フランス人はより人道的な司法システムを求めた。この箇所も、メルキオは『監獄の誕生』を参照している（前掲書、七七頁）。

＊3　十八世紀のフランス語で書かれた陳情書における「刑を与える（décerner）」という言葉（ここでは「授ける」と訳した）は、現代フランス語では「授与する」という意味で、名誉ある何かにしか用いない。

　死ねました」か？「クソも洩らさず果てました」はどうだ？
ティエリー・ブレット　俺、ビール飲みたくなった。

12　ドキドキする

ディスコ。

警官たちのパーティ。男女の警官たちが、仲間で踊り、位階も忘れて友達を作るパーティ。

音楽。

酒の注がれたグラスの列。

ティエリー・ブレットのぎこちないダンス。

アルバン・ルガルの激しいダンス。

ベルナール・フォーシェは、紫の椅子に座っている。隣にアナイス・ビシック。

ティエリー・ブレット　このポンチ、最悪だな。

アルバン・ルガル　サングリアよりはマシだよ。

ティエリー・ブレット　普段は、警官のパーティなんて来ないんだが、今回のは……

アルバン・ルガル　今夜は、「ジロ九一二」[*1]のパーティだからな。

ティエリー・ブレット　何だって？

アルバン・ルガル　今回は、警官のパーティじゃなくて、「ジロ九一一」のパーティなの！　回転灯を回してる奴らがみんな来てんだ。警官に、機動隊員に、憲兵に、税関の奴らに……

ティエリー・ブレット　そうなのか。

ベルナール・フォーシェ　救命士に、看護婦たちもいるだろ！

ティエリー・ブレット　それで、こんなに女の子がいるのか！

アルバン・ルガル　さっき俺、パルマノの知り合いってのと会ったわ。パルマノって、ほら前に話したろ、警察学校の俺のダチの、ヤニック・パルマノ、あの面白い奴。

ティエリー・ブレット　あー、イイ感じだ。

アルバン・ルガル　チキショー、また会いてえなあ。

ティエリー・ブレット　今かかってるこの音楽、何だ？

アルバン・ルガル　ハウスだよ。

ティエリー・ブレット　イイ感じだ。ダッダカ、ダッダカ、ダッダカ。

アルバン・ルガル　どう思う、ベルニーの新しい女？

ティエリー・ブレット　ベルニーの新しい女？

アルバン・ルガル　アナイスさ。

＊1　「ジロ九一一」とは、警官、機動隊員、消防士、救急救命士、看護師などが二〇〇七年に結成した互助団体。ジロは車の回転灯の略。九一一は、携帯電話からかかる電話番号で、各種緊急対応機関に繋いでくれる。

ティエリー・ブレット　アナイスってのか？
アルバン・ルガル　いい体してるよな。射的のまとみたいにさ、狙ってみてさ、で、あの子に命中させて、俺が一等賞取っちまうんだ……
ティエリー・ブレット　俺、サングリア飲んで来る。

ティエリー・ブレット退場。
アルバン・ルガルはいよいよ激しく踊り、笑っている。

ベルナール・フォーシェ　長いこと男は、二人のダンスを見ていた。男はアナイス・ビシックの手を握った。力をこめて。アナイスが、自宅で寛《くつろ》いでいるような気になれるように。この警官たち、憲兵たち、機動隊や税関の奴ら、救命士、看護師たちに囲まれている中で。

間。

アナイス、自分の家にでもいる気でいればいいんだよ。そして分かって欲しいんだ。今ここにいる、この男たちと女たちが、一体何に突き動かされているのかを、分かってやって欲しいんだ。この男たちと女たちは秩序と安全と保護の代表であり、市民の平和を保つ者たちだ。だから安全だって感じて欲しいんだ。自宅にいるのと全く同じに、清潔な土地の、見晴らしのいい場所にいるように、思って欲しいんだ。俺の祖国のアイデンティティーがどんなものか、君には知って欲しい。そしてそれはもう、これからの君のアイデンティティーなんだよ。だってこれが俺のアイデンティティーであり、俺の祖国である以上、つまりこれは君のアイデンティティーであり、君の祖国なんだ。俺から君への贈り物だ。でもそれはほかでもない、俺と君の寄せ合った顔と顔のことなんだ。アナイス、俺はもう君なしじゃいられない。アナイス？　聞いてる？　俺の話聞いてる？ああ、聞いてるんだね。それでいい。いやなに、聞いてないんじゃないかと思ってね。

スピーカーから響く重低音の振動しか聞こえなくなる。

13　最高に気持ちいい

ティエリー・ブレットの寝室。

ティエリーはベッドに寝て、セックスのパントマイムをしている。またしても、水の泡と消える空しさ、[*1]と言うべきか。いやむしろ、シーツに空砲、か。

それにしても……

＊1　第8場のタイトル「水の泡と消える」を繰り返している。

ティエリー・ブレット　火曜の、午後だ。「アナイス、足開けよ」。アルバンが受けた通知は、一ヵ月の停職処分だった。オルドゥネール通りの出来事のせいだ。「綺麗なアソコしてんな、お前」。だから俺たちは、仲間同士、男同士、この家で、解明をしなきゃならない。「もうちょっと開けよ、もっと見せろよ」。みんなでオルドゥネール通りで何が起きたかを解明するんだ。この話の真相に辿り着くんだ。奴に吐かせるんだ。「濡れてんじゃねえか」。あのバカに吐かせる。だって俺はもう、一睡も出来ないんだ。一睡もだ。「俺の持って。持ってってば、そう、それでいい、凄くいい」。火曜の、午後だ。「それちょっと強過ぎ。分かんねえもんだな、何て好き者なんだよ、お前。アナイス、ああ、アナイス、そうだ、ああ、この肌、チクショー何て肌してんだ、お前って。お前ら黒人女も、みんなおんなじ肌じゃないんだな、そりゃそうだよな。ああ、最高に気持ちいい、お前らは甘い蜜だ」。ティエリー・ブレットは昨日の晩、アナイス・ビシックを電話で呼び出していた。一週間程前から、天気は大荒れだった。「アナイス、俺、ティエリー」。夜には必ず、七日続けて、雷雨が吹き荒れた。「明日の午後、何してんの？」　男の頭の中には、忌々《いまいま》しいリフレインが響いていた。規律、警戒網、肉体矯正。「ちょっと寄ってさ、一杯やらないか。アルバンは仲間に会いに行くし、ベルナールはパソコンの講習なんだ。おいでよ。俺んとこ寄ってけよ。ちょっと話しないか。今までちゃんと話したことなかったろ。お前もう、みんなの家族みたいなもんなんだしさ。十四時ね。了解」。アナイス、ああ、アナイス。ティエリー・ブレットは、もう二十分程もアナイス・ビシックを抱いている。随分長いこと女を抱いていなかったかの如くして、アナイスを抱いている。ティエリー・ブレットは堪能している。親友ベルニーの黒人女とやってるんだ。これはもしかすると、暴走だ、逸脱だ。いや、違う。全てはきっちり監視下にある。

ベルナール・フォーシエ　ベルナール・フォーシェは、ティエリー・ブレットの部屋のドアに耳を押し付けている。会うはずだったパソコン講習の先生が、自宅アパートの入口で暴行を受けたからだ。警察はどうするだろう？　ベルナール・フォーシェは、ドアに耳を押し付け、愛する女がティエリー・ブレットに抱かれている様子を窺っている。廊下の暗がりの中、恋人が親友にこう言うのが聞こえる。「こんなセックス、気持ち良過ぎ」。ベルナールは殆ど泣き出さんばかりだ。反論など出来るはずもなかった。「そうだ、アナイス、本当だ、お前の言う通りだ、そんなセックスは気持ち良過ぎるだろうとも」。午後の、濡れたベッドの上で、自分の男を尻目に、自分の男の親友の腕の中なんだからな。ティエリーはというと、何もかもお終いにしようと決めていた。そうすることしか出来なかったんだ。それは、ベルナール・フォーシェには理解出来た。何故なら、二人は親友だったから。ベルナールはティエリー・ブレットを良く知っていたから。奴が自分自身に吐き気をもよおしてるのは、痛いほど良く分かっていたから。アナイスを抱きながら、ティエリーは一個の凶器と化していたが、その自分という凶器を見事に制御していた。状況を正確に把握していた。奴はアナイスを使って、何もかもブチ壊そうとしている。ブチ壊してから、行っちまうつもりでいる。友情も、最後のチャンスも、可能な明日も、全てにケリをつけるつもりでいる。ベルナール・フォーシェは、廊下で、自分の神経を制御し、寝取られ男という状況の把握に努めた。そしてひとりごちた。「これでいい、これでいいんだ、奴は女を気持ちよくしてやっている、それだけで儲けものじゃないか、奴は女を悦ばせている、つまり、何よりじゃないか」。ベルナール・フォーシェはティエリー・ブレットを使って、アナイス・ビシックにいだいたはずの全ての愛情を、一挙に吐き出した。終りだ。ベルナール・フォーシェは、独りでいる方が楽なんだ。情報誌を漁って、バーをまわって、定年生活を送るんだ。ブレット、くたばるがいい。アナイス、地獄に堕ちろ。

アルバン・ルガル　その間アルバン・ルガルは、ひと月後にならないと返して貰えない拳銃を思って泣いていた。停職だ。オルドゥネール通りの事件のせいだ。それについて事情聴取を受ける。すぐにだ。

ティエリー・ブレット　俺のこれまでの人生が、瞼の裏に浮かんで、消える。そして俺に挨拶して行く。丁重に。まるで、ローマ法王が群衆に挨拶するみたいに。「俺もういきそう、アナイス、その調子だ」。夜、バベット、アンヌ＝リーズ、孤独、おふくろ、裏切り、ベルナールとアルバン、退屈、オカマたち、セックス。要するにそれだけだ、俺のクソまみれの人生は。くたばっちまお。よし、決まりだ。「いくぞ、アナイス、いくぞ」。アーメン！

絶頂の長い喘《あえ》ぎ声。

ベルナール・フォーシェ　毛沢東によれば、「セックスは心の病いにして時間とエネルギーの無駄である」。だが幸いにして、警察は、監視を怠らない。

ティエリー・ブレット　しまった、スリルとサスペンスってものを台無しにしたかな、俺。

14　悲惨な不測の事態に接す

アルバン・ルガルが、二人に壁に押さえつけられている。

アルバン・ルガル　やるべきことを普通にやったんだよ。手順通りに。それ以外のこたあなかった。普段通りの職務質問。別に指名手配犯とかそんなんじゃない。そこらの、普通の野郎だったんだ。

ベルナール・フォーシエ　そうだろうともさ、小僧さんよ。

ティエリー・ブレット　職質の場所は？

アルバン・ルガル　オルドゥネール通り、パリ十八区。

ティエリー・ブレット　日付と時間？

アルバン・ルガル　先月の、四月二十三日、二十二時三十分頃。

ベルナール・フォーシエ　男の名前？

アルバン・ルガル　マロンガ。イヤサント・マロンガ。

ベルナール・フォーシエ　職業は？

アルバン・ルガル　振付師、とか言ってた。つまりダンスをやる奴。
ティエリー・ブレット　ダンスをやる奴。
アルバン・ルガル　そう、ダンス。デッカイ黒人で、スゲエいい体してた。そりゃもう、見ただけで分かる感じだった、あ、こりゃダンサーだなって。
ベルナール・フォーシェ　黒人はみんなそんなだろ。
アルバン・ルガル　俺の言ってるのはそういう意味じゃねえよ。俺をアホだと思ってんの？　すぐに分かることってあるだろ、人の体つき見てたら。それにま、奴らの方が俺らより踊りがうまいってのは、間違っちゃいない話だよな、一般的に言って。
ベルナール・フォーシェ　一般的に言って？
ティエリー・ブレット　一般的に言えるのか？
アルバン・ルガル　ああ、そうだよ。
ティエリー・ブレット　俺の知ってる黒人に、一度座ったら梃子《てこ》でも椅子からケツを動かさねえのがいるぞ。

ティエリー・ブレットは、アルバン・ルガルの首根っこを摑んで椅子まで引きずり、座らせる。

ベルナール・フォーシェ　お前たちが最初にした質問は？　どんなだった、最初の質問は。曖昧だったんだろ、俺らがいつもするみたいに、奴をドギマギさせたんだろ。お前たち二人で、男をからかったんだろ？

アルバン・ルガル　何か不審な物は持ってないか訊いたんだ。
ベルナール・フォーシェ　何か不審な物。
アルバン・ルガル　何か不審な物。
ティエリー・ブレット　お前ら、職質した男に、何か不審な物持ってないかって訊いたのか？
ベルナール・フォーシェ　素晴らしい職質だな。で、何て答えた？
アルバン・ルガル　歯が痛え。
ティエリー・ブレット　男の答えを聞いてるんだ！
アルバン・ルガル　だから、歯が痛えって答えたんだ！　それで俺は、質問を繰り返した。「何か、不審な物はお持ちじゃないですね？」するると野郎は、「不審って、例えば？」って言った。だから俺は、説明してやった。「ナイフとか、注射器とか、粉末の袋とか」
ティエリー・ブレット　男は一人か？
アルバン・ルガル　そのさ……
ティエリー・ブレット　男は一人だったか、誰かほかにいたのか？
ベルナール・フォーシェ　答えろ。
アルバン・ルガル　ほかにもいた。奴の娘。自分の娘を連れてたんだ。
ティエリー・ブレット　年は？
アルバン・ルガル　十二くらい。
ベルナール・フォーシェ　で、ナイフとか、注射器とか、コカインの袋とかは？
アルバン・ルガル　なかった、ぱっと見は。

ティエリー・ブレット　所持品検査したのか？
アルバン・ルガル　ボンネットに手を置くようにって言った……
ベルナール・フォーシェ　どんな風に言った？
アルバン・ルガル　「すいませんが、こちらに背中を向けて、車のボンネットに両手をついて下さいますか。単なる確認ですから」
ティエリー・ブレット　下さいますか、って言ったんだな。
アルバン・ルガル　ああ。
ベルナール・フォーシェ　確かか？
アルバン・ルガル　いつだって丁寧だよ、俺は。
ティエリー・ブレット　そりゃ結構。
アルバン・ルガル　けどボレルの奴は、どうしようもねえんだ。自分で言ってた。下手《したて》になんか出られっかって。奴はそんな物言いは知っちゃいない。いつもお前呼ばわりだ。だからボレルは、お前っつってた。マロンガに「お前」っつったんだ。覚えてる。それは確かに覚えてる。
ティエリー・ブレット　そんなのは大したことじゃない。お前が野郎に、「お前」って言ったって、何の問題がある？
ベルナール・フォーシェ　俺は気にならんな。
アルバン・ルガル　あ、そ。
ティエリー・ブレット　別に問題はない。

ベルナール・フォーシェ　で男は素直に従ったのか？
アルバン・ルガル　ビールくれよ。
ティエリー・ブレット　今質問されただろ。

間。

アルバン・ルガル　奴は従おうとしなかった。猟犬みたいにじっと、その場に突っ立って、空気を吸ってやがった。俺ら警官の臭いを嗅いでるってみてえにな。俺は感じた、こいつ俺らを嗅いでるって。気に食わなかった。それから奴は娘を見て、娘に何か言った……
ベルナール・フォーシェ　何かって、何だ？
アルバン・ルガル　分かんねえよ。アフリカの何語かだ。国の言葉で何か言ったんだ。コンゴ語だ、あいつコンゴ出身だったから、そうだ、きっとコンゴ語だったんだ。
ティエリー・ブレット　可愛いもんじゃないか、コンゴ語。
アルバン・ルガル　でボレルが野郎に言ったんだ。「黒ん坊、あのな、ここじゃフランス語喋んな」
ベルナール・フォーシェ　「黒ん坊、あのな、ここじゃフランス語喋んな」だと？
ティエリー・ブレット　「黒ん坊」って言ったのか？
アルバン・ルガル　よく知らねえよ、もう。ボレルが喋ってた時、俺は野郎を後ろ向きにしてたから。俺は野郎の手をボンネットに置かせて、足を広げさせた。で小さい声で言ったんだ。「心配ない」って。耳元に、小さく、「心配いりませんから」ってな。ボレルの奴は、ああ多分、言ったよ、「黒ん坊」ってな。そう思う、けど、もうよく分かんねえ。ボレルは男の携帯を調べた。発信履歴と、登録されてる連絡先と。

ベルナール・フォーシェ　警察はいつから、携帯の検査をするようになった？

アルバン・ルガル　そうなってたんだよ。気が付いたらやってたんだ。それからボレルは、フランス語が話せるかって、野郎に聞いた。

ティエリー・ブレット　お前フランス語喋れるか？

アルバン・ルガル　ああ、俺はな。

ティエリー・ブレット　で、それから？

ベルナール・フォーシェ　スラッとな！　話の前後を、スラッと喋っちまうんだ。

アルバン・ルガル　でそれから野郎が、わめき始めやがった。歯が痛い、歯が痛い、歯が痛い、ってな。「るせえ、歯痛がどうした！　お前の歯痛が何だってんだ！」

ティエリー・ブレット　結局お前呼ばわりしたんだな？　五分もしないうちに野郎は、お前のダチにでもなったたか？

アルバン・ルガル　黙らせようとしたんだ。深夜だった。普段通りの職質だ。特別に怪しい奴じゃなかった。俺はただ、パトロールをそのまま続けたかったんだ。車のシートにケツを落ち着けて。誰だって言うに決まってる。「黙ってろ、善良なフランス人らしく振る舞えるようにしてやろうか」

ベルナール・フォーシェ　黙ってろ、善良なフランス人らしく振る舞えるようにしてやろうか。

ティエリー・ブレット　お前、そう言ったのか？
アルバン・ルガル　ボレルがそう言ったんだ。すると野郎は、熱があるんだって、騒ぎ出しやがった。「何もしてません、熱があるんです、うちに帰して下さい、勘弁して下さい、勘弁して下さい、腕が痛いじゃないですか！　こんな乱暴する権利あるんですか！」もちろん俺は今、野郎が喋ってた時のフランス語の間違いは再現しないけど、ま大体そんなようなことを言ってた。
ティエリー・ブレット　フランス語に間違いがあったのか？
アルバン・ルガル　ああ、奴のフランス語は、色々間違ってた。
ベルナール・フォーシェ　そりゃいかんな。
アルバン・ルガル　きっと、人権がどうのこうのいう団体で、活動かなんかしてる男だったのかもな、良く知らねえけど、とにかく野郎は、ベラベラベラベラベラほざき出したんだ……
ベルナール・フォーシェ　ベラベラって何を
アルバン・ルガル　ビールくれよ！
ティエリー・ブレット　奴がビールくれって言ったのか。だからって、活動家になんのか？
アルバン・ルガル　何なら、俺のナニに靴墨でも塗りなよ、で頼むから、いじめはもう止めにしてくれ。[*1]

＊1　フランスの男子寮などで行われるいじめのひとつに、ワックスや靴墨を男性器に塗りたくる、というものがある。アルバンは二人に、それをやってもいいから言葉によってなぶるのを終りにしてくれと、言っている。

ベルナール・フォーシェ　俺たちは尋問してるんだ。真相が知りたいんだ。

ティエリー・ブレット　ビールならあとでやるよ。いくらでも。ビール一〇パックも片付けちまおうよ、な、三人仲良くソファーで、恋人たちのように。

ティエリー・ブレットは、数度続けざまにアルバン・ルガルに平手打ちを食わせる。

で奴は理解してたのか？　分かったのか？　その若造は、フランス語理解出来たのか？

アルバン・ルガル、絶叫する。

アルバン・ルガル　ウアリ・ベン・モアメド[*1]、十七歳、機動隊員により誤って頭部に銃弾を受け死亡、マルセイユ、一九八〇年十月。判決、過失致死罪により執行猶予付き懲役十ヶ月。マリク・ウセキーヌ、二十三歳、二名のバイク機動隊員から殴打を受け死亡、パリ、一九八六年。判決、「殺人の故意性なき傷害致死罪」により禁固刑。一九九一年五月二十五日、アイサ・イイッシュ、十九歳、マント・ラ・ジョリ市警察署内にて勾留中、喘息発作により死亡。嫌疑のかかった警官への判決、執行猶予付き懲役八ヶ月。一九九三年四月、マコメ・ムボウォレ、十七歳、煙草の窃盗容疑で取り調べ中、パリ十八区警察署にて至近距離から発砲され死亡。発砲警官に、禁固八年の実刑判決。

ファブリス・フェルナンデーズ、リヨン警察署にて至近距離から発砲され死亡。懲役十二年の実刑。

一九九八年、トゥールコワン市、シドネー・マノカ・ンゼザ、二十五歳のアマチュア・ボクサー、三名の警官が職務質問中、逮捕のため手錠をかけようとする際、死亡。三名のうちの二名は過失致死罪で有罪判決。執行猶予付き懲役七ヶ月。

アビブ・ウルド・モアメド、通称ピポ、十七歳、職務質問中、至近距離からの誤射により死亡。一九九八年十二月十三日、トゥールーズ。判決、過失致死罪により執行猶予付き懲役三年。

それからモアメド・ディアブは？　ウアルディア・アウダッシェは？　十三歳で死んだティボー・コトニは？　リアド・アムラウイは？

二〇〇七年四月二十三日、イヤサント・マロンガ、コンゴ出身の振付師、警官からの職務質問中に死亡、娘のイカ・マロンガの目の前で。「**踊ります、踊りますから！**」奴はわめき出したんだ。俺の知らない、そんな名前やら、日付やら、数字やら、何度も何度も言いやがるんだ、懲役だの、至近距離だの、過失だの、でそんな言葉は俺とボレルの頭をクラクラさせた。もう奴を止めることは出来なかった。学校で暗記した課題みたいだった……

＊1　以下に列挙される、警官のミスや過剰制圧が疑われる一般市民の死亡事故は、（マロンガを除いて）全て実在のものである。メルキオは、マリク・ウセキーヌ事件について『ターザン・ボーイ』（二〇一〇年）でも言及している。

ベルナール・フォーシェ　そいつは、自分が死亡したとも言ったのか？
アルバン・ルガル　ボレルは奴の耳元でどなった。「じゃあ、お前みたいな奴のせいで死んだ警官たちはどうなるんだ？　あいつらを、どうしてくれんだよ？」。ボレルは野郎の顔を車に押し付けた……
ティエリー・ブレット　こんな風にか？

ティエリー・ブレットはアルバン・ルガルの顔を床に押し付ける。

アルバン・ルガル　痛えよ……
ベルナール・フォーシェ　ティエリー、もういい。
ティエリー・ブレット　俺はこいつを制圧してんだ……
アルバン・ルガル　痛え……
ベルナール・フォーシェ　で、お前ら、どうしてその男をパクッたんだ？
アルバン・ルガル　あいつがやめねえんだ、俺の知らないそんな男たちの名前や、死亡の日付や、数字を、何度も言うんだ。あいつは俺らの目を睨《にら》もうとしてた。顔をよじって、俺らの目を見ようと探してるんだ。でもボレルは、あいつの顔を鉄板の上でずっと押さえつけてた。だからもう俺らは、しょっぴくしかないと思ったんだ。
ベルナール・フォーシェ　で娘は？
アルバン・ルガル　舗道に置き去りにした。

間。

ティエリー・ブレット　でも夕方、どうせそこで娘は友だちと遊んでるんだろ。

ベルナール・フォーシェ　で男は？

アルバン・ルガル　署に連れてった。服を脱がせて、所持品出させて、取り調べした。

ティエリー・ブレット　それで？

アルバン・ルガル　前科なし。身分証は正規の、フランス国籍。何もなし。で釈放した。

ベルナール・フォーシェ　人生は素晴らしいな。

ティエリー・ブレット　で、どんな風にして死んだんだ？　だって、そいつは死んだんだよな？

アルバン・ルガル　署から出しなに、野郎、告訴するって言いやがった。「告訴します」って言うんだけど、フランス語は間違ってた。さっき、奴のフランス語には間違いがあったっつったろ。こう言うんだ。「告訴やります」。でボレルがそれにカッと来たんだ。もともとボレルってのは、しょっちゅうつまんねえことで逆上する奴だったけど、あの、警察の失態のおさらいのあとに、告訴ってひと言が出たもんだから、怒ったよ、ボレルは。でボレルはこの件を、調書にしちまったんだ、深夜の騒音ってことで。でも野郎が大声でわめき散らしたのは間違いじゃない。隣近所の連中をけしかけてたんだ。歯痛だの、死んだガキどもの名前だの並べ立てて。ああ、ありゃまさに絶叫だよ、絶叫。だからボレルは奴に言ったんだ。深夜の騒音の罪だ、ってな。

ティエリー・ブレット　で、男はブッ倒れた。
アルバン・ルガル　そうだ。
ベルナール・フォーシェ　魔法にでもかかったか！
アルバン・ルガル　踊りながら死んじまったんだ、あのクソ黒人野郎は。
ティエリー・ブレット　踊りながら？
アルバン・ルガル　奴は踊り出した。あの踊りは、見てなきゃ想像もできねえだろな、すげえスピードだった。手足の動く速さは、まるでヘリコプターだった、何かの武器みたいだった、いやインドの女神だ、知ってるだろ、あの千本手があるやつ。「ジロ九一一」のパーティにでも招待されてたら、間違いなくあいつは、拍手喝采を浴びてただろな。とにかく奴は踊り出した。俺らの目を睨みつけてた。俺らは身動き出来なかった。ボレルは動こうとして、出来なかった。アゲタンの奴もだ、その場にいた奴の、誰も動けなかった。みんなその場に突っ立って、あいつが死んでくのを見てたんだ。
ベルナール・フォーシェ　死ぬのが分かってたのか、お前ら？
アルバン・ルガル　じゃあいつは？　あいつ自身、分かってたと思う？
ティエリー・ブレット　俺たちの知らないことを、あいつらは知ってる。あいつらは、そうしたいと思った時には、運命に先手を打っちまう。それが、黒人ってもんなんだ。頭で理解出來ることじゃない。
アルバン・ルガル　十分もすると、奴はブッ倒れた。あれが、あの見世物が、十分なのか、十年なのか、どんだけ続いたのかは俺には分からねえ。とにかく俺は、あんなに美しいものを見たことがなかった。少なくとも、署ではな。

間。

ベルナール・フォーシェ　俺には、四十年の勤務生活で、一度もうまく答えられなかった問いがあるんだ。それは毎朝、制服に腕を通す時、俺の頭をよぎる問いだった。「俺はここで何をしてるんだ？」。毎朝だ、「俺はここで何をしてるんだ？」。毎朝、俺は決まり文句を唱えてた。そして自分に、この仕事は俺の信じているもののためなんだ、と言い聞かせた。「ベルニー、ああベルニーよ、平和を守る警察官は、その職務を市民の傍《かたわ》らにあって遂行する者である。警察官は、人々に援助と保護の手を差し伸べ、犯罪を未然に防ぎ、犯人追跡を行う。その任務は、犯罪捜査、情報収集、また緊急出動、治安維持に存す。警察官は、公共の秩序を守り、市民の身体と財産を保全する。警察官の務めにより、安全は維持され、犯罪は抑止される。警察官は違法行為の認定を行い、各種業務を、個々の部局にて遂行し……」。ティエリー、最高だろアナイスは、な、だろ？　最高だ。

間。

アルバン・ルガル　そんな風にして奴は死んだ。これで分かったろ。イヤサント・マロンガは、踊りながら死んだんだ。悲惨な、不測の事態だったんだ。もう俺ビール貰ってもいいだろ？　な、俺のビール。頼むよ。兄弟。

15　首をキュッとやる

居間。

ティエリー・ブレットは首を吊るためのロープを取りに行く。

ベルナール・フォーシェはビールを二つ取りに行く。

アルバン・ルガルは着替えている。

アルバン・ルガル（歌う）

「私の青春は、時間をかけて死んでいく、私の青春、この胸にある私の青春。
私は決して青春を裏切ることはしなかった。
青春は私の胸にときめきを残し、私から去ろうとする……」*1

ティエリー・ブレットは、二人の目の前で首を吊る。

男たちの無感動な顔。

アルバン・ルガル　な、ベルニー。

ベルナール・フォーシェ　ああ。
アルバン・ルガル　ティエリーだ。
ベルナール・フォーシェ　ああ、ティエリーだ。
アルバン・ルガル　首吊ったな、ティエリー。
ベルナール・フォーシェ　アルバン、俺の可愛いアルバンよ、見るがいい。これが人間だ。干涸《ひから》びた生き物だ。特にティエリーって奴はそうだった。ティエリー。ティエリー。「ティエリー」って言ってみるだけで分かる。孤独ってものが何なのかが。孤独ってのがどんな奴で、どんな風にしてて、どんな装いをしてるかが分かる。孤独にはどんな癖があって、どんな声をしてて、どんな匂いがするのかが分かる。俺が知ってる全てのティエリーたちは、孤独から切り出してきたような男たちだった。花崗岩から切り出した塊みたいな奴らだった。自分の子供にティエリーって名前を付けるくらい、ひどいことはないな。
アルバン・ルガル　じゃ、ロビンソンは。ロビンソンって名前にしたら。
ベルナール・フォーシェ　ティエリーよりはマシだな。ロビンソンなら、少なくとも、海辺で暮らせるだろうさ〔デフォー『ロビンソン・クルーソー』を踏まえている〕。

間。

＊1　ミシェル・ルグラン作曲の歌「私の青春は時間をかけて死んでいく」*Comme elle est longue à mourir ma jeunesse* の冒頭部分。

アルバン・ルガル　ティエリー、勲章貰えなかったな。[*1]
ベルナール・フォーシエ　家族に国旗も送られないだろうな。
アルバン・ルガル　表彰なんてされねえんだ。
ベルナール・フォーシエ　大統領は、レセプションの合間にでも抜けて来て、ティエリーの墓石に、そのご立派な手をあててやってくれてもいいんだがな……
アルバン・ルガル　もし戦地とか現場で、奴が死んでたらな……でもこれじゃな、大統領は来ねえよ。
ベルナール・フォーシエ　誰か別の奴を見付けなきゃな。
アルバン・ルガル　うん、じゃないと家賃、もう払えないよ。
ベルナール・フォーシエ　誰か陽気な奴、笑ってる奴にしよう。
アルバン・ルガル　バカやってる奴、パルマノみたいな奴がいい。
ベルナール・フォーシエ　買物せにゃならんな。
アルバン・ルガル　ああ。
ベルナール・フォーシエ　バターが腐ってる。
アルバン・ルガル　ビールは冷えてる。

間。

ベルナール・フォーシェ　奴のおふくろに電話するわ。
アルバン・ルガル　ショックだろうな。
ベルナール・フォーシェ　絞首台は獲物を逃さないんだ。

間。

アルバン・ルガル　下ろしてやんないの？
ベルナール・フォーシェ　こうしていよう、威儀を正して。
アルバン・ルガル　ビールいる？

間。

ベルナール・フォーシェ　涙が出ないから、小便でもするか。どっちにしても何かが雨あられと落ちるんだ。

砲声が轟く。

＊1　フランス警察官は、格別の功労、勤続二十年以上、また殉職などのケースに応じて、レジオン・ドヌール勲章や国家警察名誉勲章などの叙勲を受ける。

サイレンが鳴りわたる。白い壁には、赤や青の回転灯が無数の光を放つ。

ベルナール・フォーシェはアルバン・ルガルを抱き締める。

二人は踊る。

アルバン・ルガル　こんな椅子、いつからここにあったっけ。

ベルナール・フォーシェ　数ヶ月は経つかな。政府の新しい措置なんだ。お前も当然聞いてるはずだ。今後はな、アルバン、全ての家庭は**警察**のための椅子をひとつ置かなきゃならんのだ。椅子はいつも空けておかなきゃならない。そして**制服**以外の人間は何ぴとたりともケツを置くことは許されんのだ。それは**警察の椅子**なんだ。**警察**だけが使うことが出来るんだ。何かあった時のために。

アルバン・ルガル　貧者の皿みたいなもん?[*1]

ベルナール・フォーシェ　貧者の皿は危ないな。お前、そこらの誰かに家のドア開けてやるなんてこと、するか?　この椅子は違う、何の危険もない。それにこの椅子は、幸福の約束なんだ。ほら今にも、**あいつ**がやって来てその椅子に座るんだ。**あいつ**はみんなに歓迎される。みんなしかるべく、うやうやしく頭を垂れ、顎を引き、目を伏せている。素晴らしいな、あのサイレンの音は。仲間たちだ、友だ、回転灯だ。**あいつ**が到来するんだ、**俺たちの警察**が。やって来るぞ、覆面なんぞはしていない。警棒は情愛でもって固く、革靴は光り輝き、制服は踊りに行くための衣裳なんだ。ほら、もうすぐそこだ。勇敢で信に足る**あいつ**を縛るものなどありはしない。ねじ曲がった首をしてる奴らこそが、あいつからの縛めを受けるんだ。聞こえるか、あいつの足音が？
アルバン・ルガル　ああ聞こえるよ。俺、あいつ[*2]とやりてえ。

暗転。
サイレンの音、耳をつんざくばかりになる。
歓声が挙がる。
雷鳴。
殴打の打撃音。
太鼓の音。
そして、無音。

〈幕〉

＊1　フランスには「貧者の皿」assiette du pauvre と呼ばれるクリスマスのならわしがある。クリスマスの晩餐の際、急に誰か貧しい者の訪問があっても迎え入れられるように、テーブルに一人分の空席と食器一揃いを設けておくというもの。
＊2　訳文では「あいつ」としたが、フランス語で「警察」は女性名詞なので、原文でアルバンは「彼女と寝たい」と言っている。

解題

友谷知己

人と作品

ファブリス・メルキオ Fabrice Melquiot（一九七二年〜）は、現代フランス語圏で活躍する最も注目すべき劇作家のひとりである。先ずメルキオは、デビュー（一九九八年）から現在（二〇一二年）までの約十五年間に、四十篇ほどの戯曲を著した非常な多作家である。そしてこれまでに数々の重要な賞を受け、現在多くの演出家に取り上げられている飛び切りの売れっ子である。また、既にそのテクストは十二ヶ国語に翻訳され、世界的にも認知されようとしている、現代フランス劇の期待の星でもある。以下、数篇の代表作に触れながら、本邦初訳となるメルキオの経歴を簡単に述べておこう。

メルキオは一九七二年、イタリアに接する人口四千人弱の小さな町モダーヌ（サヴォワ地方ローヌ・アルプ県）に生まれた。十五歳でアヌシー市のガブリエル・フォーレ高校に進学。映画好きの少年は当初シナリオ作家か映画批評家となることを夢見ていたが、高校の最終学年、アヌシー青少年文化会館の演劇講座に友人の付き添いで偶然参加したことから芝居の魅力に取り憑かれた。バカロレア（映画・映像音響分野）を取得後パリに上京し、フランス国立映像音響芸術学院（Fémis）に在籍するが、舞台俳優となる道を模索していたメルキオは、後の盟友となる演出家エマニュエル・ドゥマルシ＝モタに、ビューヒナーの喜劇『レオンスとレーナ』のオーディションで出会い、役を獲得。これが演劇界に身を投じる決定的な契機となった。

ドゥマルシ＝モタ主宰のミルフォンテーヌ座に加わったメルキオは、十年程は役者として活動していたが、演技と並行して継続的に創作に取り組んでおり、一九九八年に処女作『ビーモンの庭』*Les Jardins de Beamon* また『ふさぎこむ子供たち』*Les Petits mélancoliques* を続けて発表。ラジオ局フランス・キュルチュールで放送されたこれらの児童劇で、フランス公共ラジオ協会ポール・ジルソン大賞を受けた。二〇〇〇年の児童劇『ペルリノ・コマン』*Perlino Comment* も同局にて放送され、その年のヨーロッパ最優秀作品賞（青少年向けラジオ作品部門）を受賞。メルキオはこの頃から役者をやめ劇作活動に専念し、特に青少年向け演劇の作家としてその健筆を揮い始める。

恋人の不在を嘆く若い女性の内面を描いた『思いの外』*L'nattendu*（二〇〇一年）は、長い抒情的な独白劇であるが、悲恋の歌がいつしか世界情勢（アフガン、ソマリア、チェチェン等）を語り出すという政治色を持っている。この政治性というのはメルキオ偏愛の主題のひとつで、一九九〇年代のユーゴスラヴィア紛争に引き裂かれるセルビア人一家の悲劇『悪魔の分け前』*Le Diable en partage*（二〇〇二年）や、戦乱後のサラエヴォを生き抜く八人の孤児の物語『キッズ』*Kids*（二〇〇二年）にも反映されている。また二〇〇二年には、ドゥマルシ＝モタの招きに応じてランス劇場（Comédie de Reims）の協力作家となっているが、この演出家との繋がりは深く、二〇〇九年にドゥマルシ＝モタがパリ市立劇場（Théâtre de la Ville）の総監督になると、メルキオもまた同劇場に協力作家として加わっている。

本巻収録の『ブリ・ミロ』が初演された二〇〇三年は、メルキオの文名が一気に揚がった年である。劇作家・演劇音楽家協会（ＳＡＣＤ）からラジオ部門新人賞、フィガロ紙からジャン＝

ジャック・ゴーチエ賞、更に演劇音楽舞踏批評家連盟（Syndicat de la critique）からは、メルキオ本人に対して最優秀新人賞、『悪魔の分け前』に対しては年間最優秀戯曲賞が授与された。その後もメルキオの筆腕には更に磨きがかかり、闖入して来たテレビADに翻弄され操られるがままになる夫婦の話『私のつまらない人生』*Ma Vie de chandelle*（二〇〇四年）、早世した娘を悼む或る家族の大晦日の一夜を、静かにかつコミカルに描いた『マルシア・エス』*Marcia Hesse*（二〇〇五年）、権力欲に取り憑かれたポピュリスト的な政治家を主人公とし露骨にニコラ・サルコジを揶揄した政治的寓話劇『タスマニア』*Tasmanie*（二〇〇七年）、等を経て、二〇〇八年、アカデミー・フランセーズはそれまでのメルキオの全著作に対してデュサーヌ＝ルッサン若手演劇賞を授与した（これは、過去にはヤスミナ・レザやオリヴィエ・ピィも受賞したことのある極めて権威のある賞である）。二〇〇九年、スタニスラス・ノルデが演出した『三九九秒』*399 secondes* は、ギリシア神話風の名前を持ったヨーロッパの青年たち――ファエトン、ダナエ、アルテーム（アルテミス）等――の、性・生・死への欲望と不安を主題とし、洋上の貨物船、ベルリン、オスロ、上海を舞台とする謂わば現代版『オデュッセイア』である。メルキオは、エンディングで皆既日食の上海に集った登場人物のコロス風の歌を響き渡らせ、現代劇と古代劇の融合という演劇テクストの可能性を模索している。また最近の注目作としては、自伝的とも言える戯曲『ターザン・ボーイ』*Tarzan boy*（二〇一〇年）が挙げられる。八〇年代の一発屋グループ「バルティモラ」のヒット曲をタイトルとしたこの芝居は「歌謡劇 une chanson-drame」と銘打たれ、生まれ故郷モダーヌでのメルキオの青春時代が、当時の複数のポピュラーソングとともに舞台上で「再生」されている。そして二〇一二年の現在、メルキオは、ジュネーヴにある青少年向け劇場アム・ストラム・グラム劇場（Théâtre Am Stram Gram）の監督に就任し、いまや大家として、現代ヨーロッパ演劇の重要な一翼を担っているのである。

作風——詩・笑い・郷愁

メルキオ劇の最大の特徴は、そのポエジーにある。そもそもメルキオは、戯曲以外に二篇の詩集を刊行している紛れも無い詩人であって、演劇テクストにもその詩人としての資質は色濃く現れている。つまり古めかしい言い方をすれば、メルキオという作家はひとりの「劇詩人」poète dramatique である訳だが、それは古典主義的な、またアリストテレス詩学的な意味ではない。舞台上の出来事の因果関係が整えられ、起承転結が破綻なく仕組まれた、直線的な「物語」というものは、メルキオの目指すところではない。その唐突とも言える舞台転換、その一見脈絡の無い不可解な台詞の応酬、その断片的なスケッチの積み重ねからして、明らかにメルキオの世界は、所謂リアリズム演劇からは遠く離れている。メルキオの夢幻的かつ官能的な詩的言語は、現実の向う側のリアリティ、或いは、生の深淵を、我々に開示しようとするのである。従って、メルキオの詩とは、単に文体のレベルのみならず、彼の劇作の根本的な構想・発想自体に及んでいると言うことが出来る。例えば『悪魔の分け前』では、主人公が妻（元は花屋の娘）以外の女性と関係を持とうとする時、彼の口からは突如薔薇が生え始め、口内が棘で血だらけになる、という場面がある。また『タスマニア』の大物政治家の子供たち（全員身体に障害を持っている）が、迷宮のような巨大な宮殿に幽閉され、犬の群れに喰い殺されるという展開などは、ドノソ『夜のみだらな鳥』の悪夢を彷彿させるものである。

しかしメルキオは、人間性の暗部に慨嘆し深刻ぶって見せるタイプでも、自己の幻想的な美しい詩の世界にうっとり陶酔しているタイプの作家でもない。メルキオの世界には常に、如何なる悲劇をも相対化するような喜劇性、一種、何事にも醒めた眼が確保されている。『マルシア・エス』のラストには、一年前の娘の死を悲しむ一族郎党に向かって、「あんたたちの悲しみになど用はない、あんたたちの詩を聞いてるとブッ倒れたくなる」[*1]と言い放つ中年女性が登場するが、これは悲愴な詩語に溺れる主要人物たちへ浴びせられる冷水である。メルキオとは、あらゆる惑溺、一切の盲信というものを警戒する、覚醒した詩人なのだ。かくしてメルキオの人物たちは、深刻な状況下でも無数の言葉遊びを繰り出し、駄洒落を弄し、卑猥な冗談を連発し、人生の悲哀の歌はいつも微苦笑に付き添われることになる。無反省な「詩人の魂」や、安易な「お涙頂戴劇」を拒絶するこうしたメルキオの喜劇性は、この作家の明敏な知性を証するものであろう。

もうひとつメルキオ劇の重要な側面として、ノスタルジーを挙げておこう。既に述べたように、メルキオは児童劇の作家としてスタートした。そして彼の全著作のうちの十五篇ほどが、児童・青少年向けのカテゴリーに属する作品である。こうしたメルキオの幼年期・少年期への執拗な問いかけは、より広い意味では、失われた何か（幸福、平和、愛情、肉親、友人、子供時代、等）への哀惜、と言い換えることが出来る。そしてそれが、彼の演劇の湛える哀感とイノセンスの、最大の源泉となっていることは間違いない。ただし、上に述べたような明晰さを持つメルキオのノスタルジーは、決して、美しい思い出の中で酔い痴れている類いのものではない。例えば『ターザン・ボーイ』に描かれる八〇年代の青春は、その凡庸、その通俗、その悪趣味を、極めて意図的に観客に曝け出し、それによってかえって哀しい輝きを増すという性質のものなのである。日本の（特に若い）読者には分かりにくいだろうが、この芝居に言及されている固有名詞をいくつか挙げてみる。ボー・デレク、ミッキー・ローク、ビリー・アイドル、スコーピオンズ、テレフォン、ゴールド、ルノー、パトリック・クータン、ジャン＝パトリック・カプドゥヴィエル、ルービック・キューブ、フランスの所謂エロ本「ニュールック」、そこに現れるチチョリーナの裸身……　メルキオがなくしたもの、そして惜しんでいるものとは、その程度のものなのだ。しかしメルキオは、自身の安ぴかの青春を提示し終えると、こう宣言する。「私は私ではない。私はお前だ」[*2]。つまり我々の青春もまたその程度のものでしかないこと、我々が限りない愛着を寄せるのも恐らくはその程度のものであることを、この現代の劇詩人は良く知っているのである。

収録作品

『ブリ・ミロ』*Bouli Miro*

『ブリ・ミロ』は、メルキオを語る上で抜き差しならない作品である。先ずこの戯曲は、メルキオ唯一のシリーズ物の第一作である。『ブリ・ミロ』（二〇〇二年）を劈頭《へきとう》に、『ブリ、ブリ返す』*Bouli redéboule*（二〇〇五年）、『ウォンテド・ペチュラ』*Wanted Petula*（二〇〇七年）、『ブリ零年』*Bouli année zéro*（二〇一〇年）と、メルキオはこれまでに四作ブリ・ミロの物語を書き継いでおり、近々第五作も発表する予定があるという。ブリ・ミロ物は、殆どメルキオのライフ・ワークとなっているのだ。

　また『ブリ・ミロ』は、メルキオ最大の出世作である。この作品は先ず二〇〇一年三月フランス・キュルチュール局でラジオ放送され、二〇〇二年ラルシュ社の青少年演劇コレクションとし

＊1　« vos émotions, ça ne m'intéresse pas ! [...] Et la poésie aussi, ça me fout par terre ! Ça m'a toujours foutue par terre, depuis toute petite ! » (Fabrice Melquiot, *Marcia Hesse*, L'Arche, 2005, p. 86).

＊2　« Je ne suis pas moi. Je m'appelle Toi » (Fabrice Melquiot, *Tarzan Boy*, L'Arche, 2010, p. 53).

て出版後、二〇〇三年一月リヨンにて初演されると（演出パトリス・ドゥーシェ）、そのクオリティの高さから翌二〇〇四年、遂にコメディー・フランセーズのレパートリーに入った（演出クリスチャン・ゴノン）。即ち『ブリ・ミロ』は、フランス演劇の牙城、三百年を越える歴史を持つ伝統の劇場コメディー・フランセーズが、創立以来初めて上演した児童劇であり、この「快挙」だけで既に記念碑的な作品だと言えるのである。

そして作品の出来も、確かに優れていた。『ブリ・ミロ』とは、一篇の上質な喜劇であり、高度な詩であり、そして美しい愛の物語である。

喜劇性については贅言を要しないと思う。純然たる喜劇的人物クラーク夫妻はもとより、『ブリ・ミロ』の登場人物はみな、洒落、語呂合わせ、造語、仏語の誤用、ブロークンな外国語、といった言葉遊びのジョークを次から次へと発する。例えば訳者は、アンナのぬいぐるみの名前「クマさん・ウェルズ」の箇所では、一人自室で吹き出してしまった。拙訳が戯曲の楽しさを十全に伝えられたかどうかは甚だ心許ないが、訳出にあたっては、出来るだけそのおふざけが、舞台上で、日本語で、感じ取れるよう心掛け、意訳した箇所もかなりある（訳註を参照されたい）。直訳の方が良かった場合もあるかも知れず、識者からの叱責を待ちたいところだが、言い訳を更に続ければ、訳者はメルキオ本人から、[*1]ブリ・ミロという名前も、何とか日本語に訳せないか、と言われたことがある（メガネデブイチ？　キンガンフトシ？？）。そうまですることはさすがに差し控えたが、いずれにせよこのこぼれ話は、メルキオが如何に言語遊戯の可能性に賭けているかを示す、良きエピソードではないか思う。メルキオはとにかく、台詞で観客を笑わせたい作家なのだ。

次に『ブリ・ミロ』に於ける詩について述べると、この芝居には様々な、詩特有の予期せぬ発見というものがある。例えばペチュラの台詞に、次のようなウツ病の定義がある。「(ウツとは)何かにつけて泣くこと。アイスを食べたりとか、海を見てたりとかして」。ペチュラの荒っぽい断定は、医学的には全く無意味なものであろう。しかしそこには、ウツに悩む人々を一瞬微笑ませ、慰撫するような、詩の魔術があるように思う。ウツという苦しみは、海を見て涙するという行為の美的なイメージの中に融かし込まれ、単なる苦悩以外のものに変じているのだ。もうひとつ例を挙げる。ひどい近眼のママ・ビノクラを愛し始めるダディ・ロトンドはこう言っていた。「俺は恋に落ちていた、何も見えないビノクラのものの見方に」。つまりダディは、近眼に由来するママの頓珍漢な言動をこそ愛し、また恐らく、悪い眼を細めてママが集中している様をこそ愛している。メルキオの言葉は、詩だけが持っている、神速にして不可思議な明証性によって、人間の弱さを反転してみせる。泣き虫や弱虫や障害者が、弱さと欠落故の魅力を持っていることに、我々はハッとして気付かされるのである。

＊1　メルキオは二〇一二年一月、両国シアターカイに於ける『眠りのすべて』*En somme*(演出・振付マリオン・レヴィ)の公演に合わせて来日し、『ブリ・ミロ』演出予定(二〇一二年冬)のタニノ・クロウ氏と親しく意見交換をした。訳者はその場に同席する機会に恵まれ、メルキオから様々な話を聞くことが出来た。細かい質問にも丁寧に答えてくれたメルキオ本人はもとより、この有意義な時間をセッティングして下さった八木雅子氏、コートネイ・ゲラティ氏に衷心よりお礼を述べたい。

またここに、『ブリ・ミロ』の献辞についてメルキオから聞いた話を紹介しておこう。「タイス」と「サン」というのはメルキオの知り合いの子供で、芝居には彼等の口癖「ラタトゥイユ嫌い」「ほんとヘンね」が使われている。「サント・バルブ通り」とは、メルキオが生まれ育ったモダーヌの通りの名。そして「毛糸帽子のおチビ」とはメルキオ本人のことである。メルキオはある時、毛糸帽子をかぶった二歳の自分が写っている写真を見て、『ブリ・ミロ』執筆を思い立ったという。

考えてみれば『ブリ・ミロ』の主要人物は、ある意味みな弱者である。キオスクの如きデブのダディは一旦失業者となり、ド近眼のママから生まれたド近眼のブリは極端な臆病者で、その超肥満の故に幼稚園では差別を受け、可愛いペチュラは牝牛なみのデブ女になり果て、彼等がカレー市で出会う駅長は独居老人の日々を思って泣き暮れ、アンナとミランは政情不安のアルバニア難民である。勿論メルキオはこの芝居で、社会的弱者の擁護を声高に訴える訳ではない。ただ、愛を輝かせようとし、「永遠の愛の細い糸」を紡ごうとし、それを必死に守ろうとする、愛する人々の姿を静かに歌うのである。

しかしこうした詩情溢るる愛の物語を語りつつも、メルキオの理知は決して、永遠の愛などというものを信じてはいない。七つの少年と十の少女は、最初の恋愛を体験し、それを生涯の恋と確信し、結婚を決意し、駆落ちを敢行するが、数時間後には突如、別の異性と恋に落ちてしまう。少年たちは繰り返す。「愛は破局だ」。恋愛劇『ブリ・ミロ』はこの意味で、短命の愛というものに送られる苦い挽歌なのである。しかしまたメルキオは、こうした愛の脆さのうちに、人生の悲惨を見ている訳でもない。永遠の愛が幻だったことを知ったブリは、人の心の闇を思って戦慄し、もとの怖がりに戻って泣きじゃくるが、それでもなお、絶望はしない。最後の台詞でブリは、泣きながら笑っているのである。

このように『ブリ・ミロ』という児童劇は、我々が通常イメージする「子供のためのお芝居」では全くない。あるインタビューでメルキオは、これまで子供に分かってもらうための芝居を書いたことは一度もなく、彼にとって児童劇とは、「子供時代から発せられる」、全ての客層に向けられたテクストなのだと言っている。[*1]『ブリ・ミロ』は、生きることの美しさや難しさといった普遍的な問題を、万人に語るテクストなのである。

蛇足かも知れないが、ブリ・シリーズのその後の展開をここに簡単に紹介しよう。第二作の『ブリ、ブリ返す』は一年後の物語である。愛し合っていたはずのブリの両親は離婚し、ロック歌手の夢を見始めたクラーク夫妻はペチュラを捨て去り、哀れペチュラは拒食症となって急速に痩せ細り、遂には全く消えてしまう。第三作『ウォンテド・ペチュラ』では、十二歳のブリ（一〇一キロ）が、消失したペチュラを探しに宇宙旅行に出掛け、台湾製のニセ「星の王子さま」と遭遇したり、巨大なノミ（名前がマルグリット・デュルソール、和訳すれば「バネのマルグリット」。明らかにマルグリット・デュラスが念頭に置かれている）と、珍妙かつ知的な文学論争を闘わせたりし、最後にようやくペチュラと再会する。第四作『ブリ零年』は時間を戻し、ママ・ビノクラはブリを妊娠中である。お腹の中から胎児のブリが語り出し、二歳のペチュラは秘密の抜け道を通ってブリと出会い、愛を語らう。予定されている第五作では、ブリは十五歳に成長し、主人公の思春期が語られることになっている。

『セックスは心の病いにして時間とエネルギーの無駄』
Faire l'amour est une maladie mentale qui gaspille du temps et de l'énergie

この戯曲は、二〇〇八年ラルシュ社から刊行され、二〇〇九年一月、リヨンのアトリエ座にて

＊1 http://www.cndp.fr/crdp-reims/artsculture/dossiers_peda/marcia_hesse.pdf（ランス劇場提供、『マルシア・エス』関連資料収録のインタビュー）。一応フランス語を記載しておく。« je ne qualifie jamais de textes pour le jeune public. Ce sont pour moi des textes pour tout public [...] je cherche toujours à ne pas écrire *sur*, ni *pour*, mais toujours écrire *depuis* [...] l'enfance ».

初演されたものである（演出ジル・シャヴァシウー）。ミステリーの図式を借り、ひとつの謎――青年警官アルバンは一体どんな罪を犯したのか――を巡って構成されるこの作品は、警察官たちを主人公とした一種の推理劇であり、警察組織全体が被告となった辛辣な法廷劇であり、現代フランスの国内状況についてのメルキオの政治的思索の劇であると言える。

先ず推理劇という側面についてだが、事情はなかなか入り組んでいる。メルキオがここで意図しているのは、謎解きの快感を観客にもたらすことではない。謎の解明は確かに終始待たれている。だがこの「マロンガ事件」には、名探偵もいなければ、あっと驚く真犯人もいない。容疑者アルバンの「自白」によれば、被害者の死因は本当に心臓発作だったのである。ではこの戯曲は、単に出来の悪い推理劇だったのかというと、そうとも言い難い。何故なら、メルキオは我々に、事件の全容を明かした後もなお、その「真相」をひとつの謎として提示するからである。黒人青年の突然の病死は、警官が出くわした単なる事故だったのか。アルバンは果して、彼が言うように「運が悪かった」（第2場）だけなのか。そこには何の過失も罪もなかったのか。

このメルキオの問いかけが、『セックスは心の病いにして……』という芝居を、警察全体に対する象徴的な法廷劇としている。事実関係としては、アルバンの行為ははっきりした有罪性を持つものとは言えないであろう。彼は暴力行為など働いてはいないし、犠牲者マロンガは自ら進んで、熱狂的なダンスの中を死んでいったのである。しかしこの「事件」にメルキオは、隠微に、しかし確実に、取り返しのつかない人間的な罪を認めている。青年警官が死なせてしまったのは、ひとりの幼い子の父であるばかりではない。黒人ダンサー・マロンガは、神に見紛う、生命と美の化身だったのだ。「とにかく俺（アルバン）は、あんなに美しいものを見たことがなかった」（第14場）。この戯曲の警察官は、職権濫用や過剰制圧には及ばなかった。しかしこれまで犯された数々の「失態」と同様、警察はまたも、市民の援助と保護に失敗してしまったのである。護られるべきだった「美しいもの」は、またも護られなかったのである。

かくして『セックスは心の病いにして……』は、実に重苦しい雰囲気の芝居となっている。遍満する有罪意識に苦しむ警官たちは、何の達成感も持たず、人生に疲れ、出口無しの共同生活で、それぞれ深い孤独を抱えている。愛に飢えた六十五歳のベルナールは、殆どサディスティックな色魔のようにして黒人女性たちと空しい関係を結ぶ。妻に捨てられ、道に迷い（ナビ）、男娼に愛を求める四十歳のティエリーは、いかつい体をしてはいるが毎日母親に電話せずにはおれぬ、いい歳をしたガキである。そして、上層部からの処分を怯えて待つ二十七歳のアルバンは、何かにつけて隣りの男たちを神経質に盗み見、昼はイキガって、夜毎ベッドで震えている。彼等のうち最も無残な末路を辿るのがティエリーである。訓練で自らを鍛え上げ、規律こそが男性的な美徳だと信じてきたティエリーは、しかし警察の苛酷な日常に耐えられず職を辞した、自己矛盾に打ちひしがれた警官である。そして彼は、唯一の友人ベルナールの恋人を寝取り、最後の人間的な関係を破壊し、命を絶つ。仲間の苦悩を良く理解しているベルナールとアルバンは、それをただ無力に見守ることしか出来ない。

メルキオの法廷劇は、こうように警察の悲惨を暴き出している。しかしメルキオはこの戯曲に於いても、我々を絶望になどは導かない。それを暗示するのが、芝居の冒頭から舞台上に置かれた空席の椅子である。不在の、四人目の人物である大文字の「警察」は、いつの日にか市民と和解し、「幸福の約束」（第15場）となって登場することが待望されているのだ。この意味に於いて『セックスは心の病いにして……』は、メルキオの政治的な希望が託された戯曲だと言える。移民排斥、人種差別、都市郊外のゲットー化、少年犯罪の激化に伴う警察の暴走といった、現代フランスが抱える社会問題は、容易に解決策の見付かるものではない。平等 égalité、博愛 fraternité、連帯 solidarité といった理念が、頻繁に叫ばれながらも、現実には形骸化してしまったかも知れないのが今のフランスの状況である。しかしメルキオは、そうであるにもかかわらず（また、そうであるからこそ）、こうした理念の正当性を歌うのである。

この点に関して重要なのが、黒人女性を偏愛するベルナールである。孤独な「婚活」女性を次々と漁るこの老人はかなり猥雑な女性観を持つ人物だが、彼がある黒人女性に対して「異種混合 « les mélanges » を熱愛する」（第5場）と言う台詞には、恐らく作家の真意が内包されている。特に重要なのは、警官たちのパーティ会場でベルナールが、美貌の黒人アナイスに述べる次の台詞だ。「これが俺のアイデンティティーであり、俺の祖国である以上、つまりこれは君のアイデンティティーであり、君の祖国なんだ。俺から君への贈り物だ。でもそれはほかでもない、俺と君の寄せ合った顔と顔のことなんだ」（第12場）。黒人と白人の混合、移民と警察の和解は、ベルナールのエロス的な夢想に於いては、並んだ二つの「顔と顔」と表現されている。つまり老人は「連帯」とは言わず、「愛」と言うのである。アルバンが幕切れの台詞で、やがて訪れるだろう、生まれ変わり愛に満ちた警察と「寝たい」と言うのも、同種のエロス的な欲望の押さえ難さの表明と捉えることが出来る。

メルキオの政治的メッセージは、道徳的標語ではない。それは快楽の礼讃を通じてなされる、肉感的な「絆」の擁護なのである。メルキオが示唆するのはこういうことだ。「暴力の悪循環を脱しようとするなら、フランス人は、人間にとって自然な快楽の誘惑に従えば良い。何故なら、美しい黒人女と寝ること、美しい黒人男のダンスに熱狂すること、また優しい誰かと抱き合うことが、至上の快であることを知る人にとっては、もはやそれらを踏みにじることなど許される筈がないからである」。ただ、道学者然とした主張をしないのがメルキオである。黒人と白人の結婚を祝う国がフランスなのだと言う老人の台詞（第12場）は、若いアナイスの耳にはどうやら殆ど届いていないのだ。しかしこの美しい黒人女性が、愛の行為を「時間とエネルギーの無駄」だなどと考えていないことだけは、確実なことなのである。

ともあれ『ブリ・ミロ』とは異なり、『セックスは心の病いにして……』は、極めてフランス国内向けの戯曲である。日本の読者には共感しにくい部分がかなりあると思う。特にラスト近くの、警察の不祥事の犠牲者（全て実在）が列挙される場面のインパクトは、彼等を全く知らない読者には摑みにくいものである。ミシェル・ルグランの歌も同様で、メルキオは明らかに「懐かしのメロディ」的な哀愁を狙っているのだが、よほどのフレンチポップス・ファンにしか伝わらない情感であろう。自作の各所に歌謡曲を点綴した寺山修司のような――『毛皮のマリー』の「影を慕いて」、『アダムとイヴ』の「網走番外地」――「郷愁」のポエジーは、「国民的」なポエジーに留まらざるを得ない運命なのかも知れない。

最後に、この芝居のそれぞれの「場」――と便宜上呼んでおくが――に付けられている名称と、その訳語について補足しておきたい。フランス語原文では、十五の場に全て、「打撃（音）、（急な）行為、（素早い）動作」等の意味を持つ « coup » という単語にまつわる成句が、タイトルとして付されている。例えば、第1場は「痛手、試練 « Coup dur »」、第3場「汚い手口 « Coup bas »」、第5場「時化《しけ》 « Coup de mer »」、第7場「（開演の合図の）三度の打撃音 « Les trois coups »」、第8場「（水中への）無駄な攻撃 « Coups dans l'eau »」、といった具合である。しかし、それらを直訳しただけではメルキオの言語感覚が全く表れないので、今回かなり意訳し、全てを動詞で終らせることで場の名称の統一性を示そうと試みた（それぞれ、「痛手を受ける」「汚い手を見抜く」「大波が打ち寄せる」「芝居に行く」「水の泡と消える」）。訳し過ぎのそしりをまぬがれぬところだが、メルキオ演劇の言葉へのこだわりを、何とか日本語に移そうとした苦肉の策である。読者諸賢のご宥恕を請う次第である。

ファブリス・メルキオ Fabrice Melquiot

1972年生まれ。1998年児童劇『ビーモンの庭』でデビュー以来、現在までに約 40 篇の著作のある多作家。ユーモアに溢れ、詩情豊かなその演劇テクストは高い評価を得ている。2012年よりアム・ストラム・グラム劇場（ジュネーヴ）の監督。

友谷知己（ともたに・ともき）

17 世紀フランス演劇研究。関西大学教授。主な著作に、『フランス十七世紀の劇作家たち』（共著）中央大学出版部、『フランス十七世紀演劇集　悲劇』（共訳）中央大学出版部、Alexandre Hardy, *Théâtre*, t. III, Classiques Garnier, en collaboration avec J.-Y. Vialleton (à paraître).

編集：日仏演劇協会

編集委員：佐伯隆幸

齋藤公一　佐藤康　高橋信良　根岸徹郎　八木雅子

企画：アンスティチュ・フランセ東京

（旧東京日仏学院）

〒 162–8415

東京都新宿区市ケ谷船河原町 15

TEL03–5206–2500　tokyo@institut.jp　www.institut.jp

INSTITUT FRANÇAIS
アンスティチュ・フランセ東京
JAPON - TOKYO

コレクション　現代フランス語圏演劇 15

ブリ・ミロ／
セックスは心の病いにして時間とエネルギーの無駄

Bouli Miro/
Faire l'amour est une maladie mentale qui gaspille du temps et de l'énergie

---

発行日———2012 年 11 月 30 日　初版発行

*

著　者——— ファブリス・メルキオ　Fabrice Melquiot
訳　者——— 友谷知己
編　者——— 日仏演劇協会
企　画——— アンスティチュ・フランセ東京（旧東京日仏学院）
装丁者——— 狭山トオル
発行者——— 鈴木　誠
発行所——— ㈱れんが書房新社
〒 160-0008　東京都新宿区三栄町 10　日鉄四谷コーポ 106
TEL03-3358-7531　FAX03-3358-7532　振替 00170-4-130349
印刷・製本—— 三秀舎

 ISBN978-4-8462-0396-2 C0374

コレクション 現代フランス語圏演劇

黒丸巻数は発売中

1 A・セゼール クリストフ王の悲劇 訳=根岸徹郎
❷ M・ヴィナヴェール いつもの食事 訳=佐藤康／2001年9月11日 訳=高橋勇夫・根岸徹郎
❸ H・シクスー 偽りの都市、あるいは復讐の女神たちの甦り 訳=高橋信良・佐伯隆幸
❹ P・ミンヤナ N・ルノード 亡者の家 訳=齋藤公一／プロムナード 訳=佐藤康
❺ M・アザマ 十字軍／夜の動物園 訳=佐藤康
6 V・ノヴァリナ 紅の起源 訳=ティエリ・マレ
7 E・コルマン 天使たちの叛乱／フィフティ・フィフティ 訳=北垣潔
❽ J=L・ラガルス まさに世界の終わり／忘却の前の最後の後悔 訳=齋藤公一・八木雅子
❾ K・クワユレ ザット・オールド・ブラック・マジック／ブルー・ス・キャット 訳=八木雅子
❿ J・ポムラ 時の商人 訳=横山義志／うちの子は 訳=石井惠
⓫ O・ピィ お芝居 訳=佐伯隆幸／若き俳優たちへの書翰 訳=齋藤公一・根岸徹郎
12 M・ンディアイ パパも食べなきゃ 訳=根岸徹郎
⓭ W・ムアワッド 沿岸 頼むから静かに死んでくれ 訳=山田ひろ美
⓮ D・レスコ 破産した男 訳=奥平敦子／自分みがき 訳=佐藤康
⓯ F・メルキオ ブリ・ミロ／セックスは心の病いにして時間とエネルギーの無駄 訳=友谷知己
⓰ E・ダルレ 隠れ家／火曜日はスーパーへ 訳=石井惠

＊作品の邦訳タイトルは変更になる場合があります。